愛され上手は程遠い!?

Yuka & Hayato

雪兎ざっく

Zakku Yukito

エタニティ文庫

目次

愛され上手は程遠い⁉

第一章　自意識過剰

プロローグ

私──田中夕夏《たなかゆうか》は、男の人が大の苦手だ。

異性であることを意識するあまり、いつも変な態度を取ってしまうから。そんな私の態度は当然、相手の気分を害するし、その結果何度となく『自意識過剰な女』と思われてきた。

誰も私になんて興味ないと、頭ではわかっている。でも、周りの目を気にしすぎてしまう癖が抜けず、二十四年間誰ともお付き合いしたことがないまま。さすがに最近は、焦《あせ》る気持ちもあるけれど、どうすることもできず日々を過ごしている。

──私が自意識過剰だと最初に自覚したのは、小学五年生の時だった。

当時はそんな難しい言葉は知らなかったけれど、もしかしたら自分は、恥《は》ずかしい勘違いをしたのかも、と気づいたのだ。

それは、家が近所で、一緒に登下校していた男の子との悲しい思い出。

女友達を含めても、彼とは一番仲良しだった。ゲームなどの趣味も合って、いつも一緒にいたように思う。

おませな周りの友達からは、『付き合っちゃえば!?』とひやかされたものの、彼のことが大好きだったから否定しなかった。

……今思えば私は、同い年の子たちと比べて、考え方が少し幼かったのかもしれない。

好きな人を他人に知られることを恥《は》ずかしいと思わなかったし、隠そうともしていなかった。本当に彼と「こいびと」になれるかも、と秘《ひそ》かに胸を高鳴らせていたくらいである。

しかし、現実はそう甘くなかった。

私が彼のことを好きだと知った男の子たちが、私たちをからかい始めたのだ。すると、好きだった男の子の態度が一変し——

『ふざけんな、ブス！　俺のことが好きなんて、気持ち悪ぃこと言うなよ！　お前なんて、最初から大嫌いだ』

そう言って、もう二度と笑いかけてくれることはなかった。

次にまた、同じようなショックな経験をしたのは中学生の時。

入学したばかりの頃、放課後に友達と連れ立って、どの部活に入ろうかとグラウンドや体育館を回っていた時だった。

『うわ、すげえ可愛い子がいる！　超好み！』っていう声がすぐ近くで聞こえた。見るとそこには数人の、先輩と思《おぼ》しき男の人の姿。そして今、声を上げたであろう人が私に笑顔を向けてきた。

さらに彼は私に近付いてきて、こう続ける。

『ねえねえ、うちの部のマネージャーしてくれない？』

その人は柔道部に所属していると自己紹介した。先輩はすごく堂々としていて、女子に声をかける時にもまったく恥《は》ずかしがったりしない。周りの友達に冷やかされても『羨《うらや》ましいんだろ！』と撥《は》ねのけた。小学生の頃、思春期特有の異性を意識する心境があまり理解できていなかった私。そのせいで好きな男の子に嫌われてしまった経験があったため、先輩の態度はすごく大人でかっこよく見えた。

――わざわざ自分に声を掛けてくれるなんて嬉しい！

ドキドキして、舞い上がって、一緒に見学していた友達の朱里《あかり》と、すぐさま入部を決めた。

毎日の洗濯に飲み物等の買い出し、部員たちのストレッチの手伝いなど、柔道部のマネージャーは重労働だった。

だけど、『重いものの買い出しは俺が一緒に行くから言えよ』と言って先輩が手伝ってくれたから頑張れたのだ。それに、買い出しの帰り道、二人だけでアイスクリームを食べたりもして楽しかったから。……デートみたいだと、思っていた。

そんな風にして、いい雰囲気で過ごしていたある日。

『夕夏、毎日ありがとな』

ふいに先輩が、私を呼び捨てにした。今まではずっと名字で呼ばれていたから驚いて、『いえっ……！』とかなんとか、よくわからない反応をしてしまう始末。

けれど先輩は、戸惑う私になにも言わなかった。そして、以降は名前呼びが定着した。

もう一人のマネージャーである朱里のことは『生田《いくた》』と名字で呼んでいたし、知る限りでは先輩が女の子を呼び捨てにするのは私だけだったと思う。

それに、逞《たくま》しくて大きな手で、いつも私の頭を撫《な》でてくれた。

缶ジュースを飲んでいると先輩が現れて、私が飲んでいた缶にそのまま口をつけるようなこともあった。ジュースを飲むたびに上下する先輩の喉仏《のどぼとけ》を見ていると、彼が男の人だということを急激に意識してしまって心臓が破裂しそうだったのも、よく覚えている。そんな私を見て先輩が、『間接キスだな。でも、お前と俺なら、いいよな？』と言ってニヤリとしたことも。

——先輩は、私のことを特別に想ってくれているのかな?

そんな淡い期待を抱いていた。

早く想いを伝えて、恋人になりたい。最初はそう思ったけれど、告白するのは先輩が部活を引退してからにしようと考え直した。

もし付き合えたとして、他の部員に気を使わせるのは悪いし、意識しすぎて自分が変な態度を取ってしまいそうだと思った。それに、先輩から告白してもらえたら、飛び上がるほど嬉しいとも……

そして私たちの関係は、ただの先輩後輩から変わることはなく、ついに先輩の引退の時が来た。

引退試合のあと、誰もいなくなった道場。先輩に残ってもらえるよう頼んでおいた私は、勇気を振り絞って『好きです。付き合ってください』と伝えた。

すると……

『あ〜、悪い。俺、彼女いんだよ』

眉間《みけん》にしわを寄せて迷惑そうに言う先輩。

ポカンとする私に、彼はさらに深いため息を吐く。

『なんでこのタイミングで告白なんかすんだよ。断った手前、これから俺が部活に顔出しにくくなんだろ。……ったく、めんどくせえ』

本当にこれは先輩がしゃべっている言葉かと、耳を疑いながら彼の口元を見つめた。

——あんなに優しかったのに。あんなに、「特別」を感じていたのに。

そのすべてが私の思い違いだったことがショックで、あからさまに嫌そうな態度を取られたことが悲しくて。なにも言葉を発することができなかった。

『うざっ』

そう言い捨てて彼は立ち去り、卒業までほとんど部活に顔を見せることはなかった。

柔道部の同級生が『先輩、なんで来てくれないんだろ。稽古《けいこ》つけてほしいな〜』と寂しそうに言う声に、胸が痛んだ。

……私のせいで、ごめん。

他のOBが来てくれるたびに、先輩がいないことが申し訳なくて、涙をこらえていた。

先輩との一件が応《こた》えた私は、高校生になる頃にはかなり警戒心を強めていた。自分の思い込みの激しさを自覚し、男子と仲良くならないと決めたのである。

仲良くなって、好きになって、また同じことになったら……って思うと、怖くて。

できる限り、話したくないし、関わりたくなかった。

挨拶《あいさつ》されても目を合わせることもできずに、返事をするのも俯《うつむ》いたまま。男女ペアで行《おこな》うような日直さえ、無言で自分の仕事を終わらせてさっさと帰った。

そんな態度だったから、男子からは好かれてなかったと思う。

でも、それでいい。そう思ってた。

そして迎えた二年生の体育祭。

二年生はフォークダンスが演目にあった。一年以上男子を避け続けた結果、男子への免疫《めんえき》がまったくなくなった私。練習で手をつないだだけで、顔がカーッと熱くなるのがわかった。

授業をサボるわけにはいかず、頑張って練習を続け、当日も無事に終えることができた。

しかし、体育祭当日、またしてもショックな言葉を聞いてしまったのだ。

ようやくダンスが終わり、一人ホッとして木陰で休んでいる時に聞こえてきた、クラスの男子たちの笑い声。

『ダンスで手をつなぐたび、真っ赤になんの！』

瞬時に自分のことを言っているのだとわかった。

気がつかれないように小さく体を丸めて息をひそめた。

『あいつさ、自意識過剰だよな～。いっつも男子を警戒しまくってるけど、なに？　手ぇ出されるとでも思ってんのかよ』

『勘違いしてんじゃねーよ』

ぎゃははは。

大きな笑い声を上げながら、すぐ近くを通り過ぎていく男子たち。

恥《は》ずかしくて恥《は》ずかしくて、消えてしまいたい衝動に駆《か》られる。その後しばらく、顔を覆《おお》ってその場でうずくまることしかできなかった。

その後は、高校卒業と同時に、それまでの友達みんなと連絡を絶ち、逃げるように大学へ進学した。

自意識過剰と思われていた自分を知る人がいない場所で、静かに暮らしていきたい。その一心だった。

男の人と関わって、『勘違い』『自意識過剰』――そんな風に思われるのが怖い。

もう誰かを好きになって傷ついたり、相手も私を好きかもしれないなんて舞い上がったりしたくない。私は心に厳重に鍵をかけて、生涯一人で生きていこうと誓《ちか》ったのだった。

1

時は流れて五年後。

私は、工事用車両や建築機械のレンタル会社に就職した。パワーショベル、掘削《くっさく》機械、発電機、コンプレッサー、高所作業車などなどの大型機械を扱う会社だ。そこで営業事務の仕事をしている。仕事にも慣れてきた社会人二年目のある日、大学時代の同級生・祐子《ゆうこ》と電話をしていた。

祐子と出会ったのは、大学に入ってしばらくした頃。とある講義の教室で出会った。

『あなた、田中夕夏っていう名前なの？　私は「田中《たなか》祐子」。私たちって、名前が似てるね！』

確か最初は、そんな風に話しかけてくれたはず。

祐子は社交的で友人が多く、かなり分厚い自分の殻に閉じこもっていた私にも気さくに話しかけてくれた。私たちは、すぐに仲良くなった。

当時の私は、人目を過度に怖がっていたため、祐子が遊びに誘ってくれても、ほとんど応じなかったと思う。それでも彼女は嫌な顔をせず、私のペースに合わせて付き合いを続けてくれた。

大学を卒業して一年以上経った今でも連絡を取り合う、唯一《ゆいいつ》の友人だ。

その祐子が、結婚することになった。前々から話は聞いていたけれど、今日正式にプロポーズを受けたそうだ。

そんな彼女が、喜びの報告とともに、こんな提案をしてきた。

『私の独身最後の思い出に食事会しよ！　ちょっといいところ、予約したの！』

そう言われて、断る理由はない。むしろこういう場合は、私から誘うべきだったのに、なんて気がきかないのだ。自分にがっかりしながらも快諾し、当日着る服とか、結婚祝いのプレゼントとかを準備して、すごく楽しみにしていた。

しかし数日後、ふたたび祐子から電話があって――

『今度の食事会の時、夕夏に紹介したい男性がいるの。康司《こうじ》の友達なんだけど、二人とも連れてきていい？』

――その言葉で、状況が一変した。

康司さん、というのは祐子の旦那さんになる方で、私も何度か会ったことがある。といっても、祐子と遊ぶ時に彼が送迎役を買って出てくれて、少し車に乗せてもらった程度だけど。しかも、会話したことはほとんどない。

康司さんが同席するってだけでも、ハードルが高い。

「無理だってば！　そんな食事会になるなら、行かない！」

思い切り拒否してしまった。でも、知らない男性と食事なんて冗談じゃない。

『結婚のお祝い、してくれるんじゃないの？』

悲しそうな祐子の声を聞いても譲れない。

「するよ！　したいよ！　けど、私と祐子の二人きりか、もしくは旦那さんを含めた三人じゃなきゃ無理！」

これでも、相当な譲歩だ。せっかくのお祝いのことで拒否して悪いけど、本当に無理だから！

それにしても、祐子がこんな風に私に男の人を紹介しようとするなんて初めてだ。私が男性を苦手とわかっている彼女が頼んでくるなんて、なにか事情でもあるのだろうか。

『すごくステキな人だよ！　おすすめなの！』

「おすすめされても、無理なものは無理なの」

『お願い！　会ってみるだけ。向こうも、お祝いしてくれるって言ってるから、せっかくなら一緒にと思って』

「別で一席設けてもらったらいいじゃない。その人だって、男性が苦手で不審な行動を取っちゃうかもしれない私が一緒じゃないほうが楽しいよ！」

『……ねえ、夕夏。いつまで自分の殻に閉じこもってるつもりなの？　夕夏は可愛いし、いい子だから、もっと自分に自信を持ちなさい。食事会は、そのきっかけだと思って』

「祐子……」

感動だ。そんな風に私のことを考えてくれていたなんて嬉しい。でも勇気が出ない。

そう考えていたら——

『つまりはアレよ。私の自慢の友達を見せびらかしたいのー！』

……私は見世物《みせもの》パンダか！

祐子は最後、照れ隠しのように言っていたけれど、彼女が心配してくれているのが伝わってきた。

だから私も、一歩踏み出すことを決意したのだ。

四人で食事をする。ただし、紹介とか、そういうのではなく、あくまでも普通に食事するだけ、と約束して電話を切った。

その後、ベッドに寝そべってあれこれ考える。紹介目的ではなくなったとはいえ、緊張することには変わりない。

――当日、どんな格好をしていこう？　お洒落《しゃれ》しすぎて、自意識過剰って思われたらどうしよう。ああ、でも、この日のために、すでにお高いワンピースを買ってしまった。ドレスコードのある高級店だから、普段着で行くわけにはいかない。それに、こんな、気合いの入ったワンピース、そうそう着る機会なんてない。

加えて、五桁もする金額の服を着ないままタンスの肥《こ》やしにするなんて、もったいなさすぎる。

さらに、他に着ていける服が手持ちにあるわけでもない。

ワンピースに合わせて選んだアクセサリーと……鞄《かばん》と……靴《くつ》と……。使わないまましまっておくのは悲しすぎる。

その夜は、熱が出るんじゃないかというほど悩み、ようやく眠りについたのは明け方だった。

◇◆◇

約束の食事会当日の金曜日。

私たちはお店の前で待ち合わせた。

到着した時には祐子だけがいて、いきなり男性がいないことにホッとした。

祐子は私を見た途端、両手を広げて歓声を上げる。

「夕夏！　すごい可愛い！」

——悩みに悩んだ末、結局、予定通りの服装で来た。

祐子が驚くのも無理はない。本当に普段はしないようなお洒落《しゃれ》をしてきたのだ。

淡いピンク色のワンピースと、それに合わせて買ったネックレス。肩まである真っ直ぐな黒髪は、下ろしたままにした。そのほうが、ピンクのワンピースの甘さをほどよく抑えられる気がして。こういう色を普段着ないから、気恥《きは》ずかしさもあったのだ。足元は、足首に花のポイントがついたストッキングに、ふちにレースがあしらわれたパンプスを履《は》いている。

「ありがと。そして、おめでとう」

まずはお祝いの言葉とともに、プレゼントを渡した。

「ありがとう〜」

幸せそうに笑う彼女は、文句なしに可愛い。優しくて社交性がある上に美人なんて、鬼に金棒じゃないか。康司さんが羨《うらや》ましい。

「そういえば、康司さんは？　一緒じゃないの？」

「友達と来るって言って……、あ、来た！」

その言葉に、ビクンと体が震《ふる》えてしまった。

——ああ、胃が痛い。

落ち着け、落ち着け、意識する必要はない。

祐子が手を振る先に視線をやると、背の高い二人組の男性がこっちに向かってきていた。

二人とも細身のスーツに身を包んでいる。すらりと背が高くお洒落《しゃれ》だ。

遠目にも格好いいのがわかる。

「お待たせ」

間近で見る彼らは、どこぞのファッション雑誌から抜け出てきたようだった。

少し垂《た》れ目気味の優しげな顔立ちのほうが、祐子の婚約者の岸谷《きしたに》康司さん。

もう一人は、康司さんよりももっと背が高くて、逞《たくま》しい体つきだ。サイドの毛は無造作にうしろに流し、前髪は軽く上げている。おでこが出ているからか、肌の綺麗《きれい》さが強調されているなあと思う。少し太めの眉毛と切れ長の目、薄い唇が絶妙に配置されていて、思わずうっとりするほどの整った顔をしていた。

康司さんは「こんばんは」とにこやかに挨拶《あいさつ》をするけれど、もう一人は気に入らなそうにこっちを見ているだけだ。

そんな不機嫌な顔さえ絵になる姿を見て——なぜか、すとんと肩の力が抜けた。

——あれ？　私、男の人を前にしても全然緊張していない。

カーッと顔が熱くなったり、緊張から体が強張《こわば》っているような様子も皆無だ。

不思議に思いながらも導き出した答えは……格好よさが異次元すぎて、緊張する必要もない、と私の頭が判断したんじゃないかってこと。

こんな素敵な男性が、私の人生に関わることなんて絶対にない。そう断言できるから、身構える必要もないと思えた。

——ああ、逆にラクチンだ。

そっかあ。こういう人なら、逆に緊張しないのね。

新発見だ。なんだかすごく楽しくなって、ふふっと笑い声を上げてしまう。

すると、康司さんたちがびっくりしたようにこっちを見たので、失礼なことをしてしまったと気づき、慌てて頭を下げた。

「初めまして。祐子の友人の、田中夕夏です」

場を取り繕《つくろ》うように、康司さんの友達に向かって自己紹介する。ちゃんと目を見て、きちんと挨拶《あいさつ》できた。私にしては、奇跡的な出来事だ。

「あー、岩泉隼《いわいずみはやと》です。よろしく」

彼は素っ気なくそう言い、ふいと顔を逸《そ》らしてしまう。

私は、イケメンは声までイケメンなのね、と場違いなことを考えながら、連れ立って店に入っていった。


岩泉さんは、最初の不機嫌そうな印象とは一転、席につくと軽く微笑《ほほえ》んでくれた。

コース料理をあらかじめ頼んでいたため、ドリンクメニューだけを渡される。しかし、横文字ばかりでわからない！　戸惑っていると、隣からひょいと手が伸びてきた。

「アルコールは呑める？　甘めと辛め、どっちが好み？」

岩泉さんは私の好みを聞いて、スマートに注文してくれた。

高級店に慣れていて、女性の扱いにも長《た》けているんだなあと感心すると同時に、ますます自分とは縁のない相手だと確信し、さらにリラックスできる。

和やかに、思った以上に楽しく食事は進んだ。

その中で祐子と康司さんのなれそめを聞いていると、なんと、新事実がたくさん出てきた。

「え？　祐子ってば玉の輿《こし》に乗ったの!?」

いつもよりも多めにワインを呑んでいた私は、ふわふわしながら尋ねた。康司さんの前で、そんなあけすけなことを言うのはよくないと思いつつも、口が勝手に動いてしまう。

「玉の輿《こし》？　そうと言えば、そーだねえ。康司の家は、由緒正しい立派なお家だからねえ」

祐子も酔っているようで、同じようにふわふわした口調の答えが返ってきた。

なんと、祐子ってば、勤めている会社の社長令息を射止めたらしい。

彼女の勤め先は大手総合商社で、康司さんは二十八歳という若さながら将来の社長との呼び声も高い社長令息だという。ロマンス小説みたいな展開だ。

ちなみに康司さんと岩泉さんは同じ会社に勤めており、年齢も同じ幼馴染《おさななじみ》らしい。

しかも、岩泉さんのお父さんは、その商社の九州支社の支社長さんだという。

支社長って言ったって、大手総合商社の支社をまとめているのだ。彼だって、充分御曹司と言える。康司さんとは親同士が友人だったこともあり、小さな頃からよく遊んでいたそうだ。将来は康司さんの右腕となるべく勉強中だという。岩泉さんは謙遜《けんそん》していたけれど、祐子が言うには彼も、確実に副社長の座に就《つ》くだろうと、社内で評判らしい。

私には幼い時からずっと一緒の友達なんていないから羨《うらや》ましい。そして、目標に向かって勉強しているなんて、とても格好いいと思う。

思ったことを素直に伝えたら、岩泉さんは照れくさそうに笑った。

家柄がよく、将来も有望で、女性の扱いにも長《た》けていて、背が高くてイケメン。――なんてハイスペック。

祐子が、こんなお方を私の交際相手として紹介しようとしたなんて笑ってしまう。私なんて相手にされるはずもない。どんな女性でも選び放題の人だ。

岩泉さんのことを知れば知るほど警戒心が解けていき、いつも通りに振る舞えた。

あまりにリラックスしすぎて、男性二人はそっちのけでガールズトークに花を咲かせてしまう。

「そっかあ。そういうところへお嫁に行ったら、家のしきたりとか、上流階級の付き合いとかあって、大変なんじゃないの？　それに、嫁いびりもあったりして。掃除しても『祐子さん、こちらがまだ汚れていてよ！』って、指で埃《ほこり》を取って言われたり」

「いつの時代の話だ！　そんないびりはないよ～」

祐子はのんびり手を振るけれど、万が一そんなことがあった時には助けになりたいと意気込んだ。私は、祐子の手を握《にぎ》って力説する。

「よし、いじわるされたら私に言いなさい。バックが巨大すぎて、多分守ってはやれないけど、匿《かくま》ってやる！　そうなったら、私と祐子で愛の逃避行だ！」

「やったあ」

祐子もノリノリで手を握《にぎ》り返してきた。

「やったあじゃないよ……」

康司さんは、手を取り合って誓《ちか》う私たちの手を引き離して、祐子の手を握《にぎ》り込む。

「愛の逃避行なんて聞き捨てならないな。それに、どこかへ出かけるなら俺も行きたい」

「え～～？　たまには夕夏と二人でも行きたい」

「じゃあ、逃避行って言われるとどこかへ消えちゃいそうで心配だから、普通の旅行でお願いします」

康司さんの慌てた様子に、岩泉さんが噴き出す。その後も、岩泉さんが康司さんを小突いては冗談を言っている。二人は気の置けない友人同士という感じで、見ているこちらも楽しくなった。

私だけじゃなくて、テーブルにいるみんなが、この場を楽しいと思ってくれている。その雰囲気がとても嬉しくて、私は岩泉さんを見て微笑《ほほえ》んだ。彼も同じようにこちらを見て笑ってくれた。

食事もデザートも食べ終わると、康司さんが軽く手を挙げた。

すると、さっと店員さんが来て、銀のトレーに載せられた小さな紙が康司さんの前に差し出される。

あっ……と思って、私は慌てて隣の岩泉さんの服の袖を引っ張った。そして「あの紙、取ってください」とお願いする。私の席からでは手を伸ばしても届かなそうだったので、康司さんの向かいに座る岩泉さんにお願いしたのだ。

彼はチラリと私を見てから、康司さんが確認しようとしていた紙をひょいと取り上げた。

「これ？」

「ありがとう」

私を見下ろして言う彼から、伝票を受け取った。

「ちょっと、夕夏、割り勘だからね」

私の行動を察知した祐子が、釘《くぎ》を刺してくる。

「ダメよ。今日はお祝いなんだから。懐《ふところ》事情により、景気よく全員分……と言えないところが情けないけど、せめて祐子の分は私が払う」

格好悪いけど、正直にそう話した。しかし祐子はなかなか首を縦に振らず、しばらくの間、押し問答することになってしまう。

そんなやり取りをしている間に、岩泉さんが財布から出したカードを銀のトレーに置いて、店員さんに渡していた。

私が驚いて目を見開きながら彼を見ると、視線が合った。

「ここは、全部俺に任せなさい」

くすくすと笑って、私を見ている。

だけど、その言葉に甘えるわけにはいかない。

「初対面の人にご馳走《ちそう》してもらうなんて、できません。そして、お祝いの気持ちなので祐子の分は私が払いたいんです」

岩泉さんを見て私が首を横に振ると、彼は驚いた顔をした。

その横で、祐子が噴き出す。

「夕夏がそう言うなら、奢《おご》ってもらおうかな。ご馳走様《ちそうさま》」

「うんっ」

さすがに、祐子たちの目の前でお金のやりとりをするのはマナーが悪いだろうと、二人を先に店から出るよう促《うなが》し、あとからこっそり支払った。

会計も済み、店の出口へと向かって歩いて行く。祐子と康司さんが先に行っていたので、岩泉さんの腕をとんとんと叩いて声をかけた。

「すみません、私が言い出したばかりに」

「え？　なにが？」

彼は目をぱちくりさせて私を見下ろしている。

「支払いです……。私が祐子の分を払うと言い出したから、岩泉さんまで康司さんに食事を奢《おご》らなきゃならなくなっちゃって」

本当だったら、言い出しっぺの私が全員分払うのがスマートだ。男性同士は、お祝いの席とかで食事を奢《おご》ったりしないのかもしれない。

自分のせいで急な出費をさせてしまったかと思うと申し訳なかった。

すると、あまりにも情けない顔をしていたのか、岩泉さんが私の頭をぽんぽんと叩いて慰《なぐさ》めてくれる。

「いや、そういうのにまったく気が回っていなかったから、却《かえ》って助かったよ。田中さんはプレゼントも用意してたようだし、お財布が厳しくなるのは当然だ。祐子ちゃんが大事そうに持ってたあれ、君があげたんだろ？」

周りのことがよく見えている人だなぁ。それに、私に気を使わせないように、さり気なくフォローしてくれて。

「はい。そう言ってもらえて助かります。実は、プレゼントも張り切りすぎて、予算オーバーしてて」

ほっと息を吐きながら言うと、岩泉さんは楽しそうに笑う。その爽《さわ》やかな笑顔を見たら、さらに心が軽くなった。

レストランの外に出ると、湿った空気が肌を撫《な》でる。もしかしたら、店にいる間に少し降ったのかもしれない。そう思いながら空を見上げていると――

「夕夏ちゃん、送っていくよ」

康司さんが車のキーをかざしながら言ってくれたけれど、丁重《ていちょう》にお断りした。

「そう？　遠慮《えんりょ》しなくてもいいのに。あ、そうだ。連絡先を教えてくれる？　祐子が家出した時のために」

さっきお店で話していた、「愛の逃避行」のことを気にしているらしい。祐子にべた惚《ぼ》れな様子に心が温まり、思わず笑みがこぼれる。

「連絡先、いいですよ。でも、役には立たないと思いますが」

祐子が家出するような事態になれば、私は全面的に彼女の味方だ。居場所を聞かれても、答えることなんてありえない。

言外《げんがい》に含めた意味を正確に捉《とら》えたようで、康司さんは苦笑いしている。

「それでも教えてほしい。誤解されて家出ってことも考えられるからね」

「なるほど。どっちにしても、私のスマホが鳴らないのが一番です」

バッグからスマホを取り出し、自分の電話番号を表示させながらにっこり笑った。

連絡先を交換した後は、祐子たちを駐車場まで送っていくことに。四人で連れ立って、康司さんの車のある場所まで行く。

「夕夏、いろいろありがと！　またね！」

「またね！」

祐子たちの乗った車を見送って振り返ると、岩泉さんが待ち構えたように言った。

「送っていくよ」

康司さんと同じ言葉だ。

――過去の私だったら、自意識過剰にも「もしかしたら、私に好意があるのかな!?」と思ってしまったところだろう。

でも、腰に手を当てて立つイケメンに言われても、そんな勘違いはまったく起こさない。

ハイスペックでイケメンで、しかも友人の婚約者の友人という私にまで優しいなんて、非の打ちどころがなさすぎる。

彼の気遣いが、なんだかくすぐったくて、私はくすくすと笑った。

「ありがとうございます。でも、私の家、ここから近いので、一人でタクシーで帰れます」

彼に、そんな気は使わなくていいと伝えて、店の近くの道に停まっているタクシーへ向かった。

「うん、じゃあ、タクシーに乗ろうか」

岩泉さんは、ニコニコして言う。

そうして、私が乗り込むより先にタクシーに近づき、運転手になにか話しかけた。

……うん？　岩泉さんも一緒に乗るのだろうか。

ジェントルマンは、一度断られたくらいでは簡単に引かないようだ。女性は、言葉と行動が裏腹な時もあるし、真に受けて送らなくて、怒られた経験があるのかもしれない。

でも私は、そんなつもりで言ったわけじゃないから安心してほしい。

「私は本当に一人で平気です。だからどうぞ、お気になさらず」

「うん、わかった」

今度はあっさりと承諾してくれたのでホッとする。

開いたドアの横に手を置き、エスコートしてくれたのでそのまま乗り込んだ。

「もう少し、奥へ行ってくれる？」

「え？」

どういうこと？　さっき私が一人で帰ると言った時『わかった』と答えてくれたはずなのに。

「もうちょっと呑みたいんだ。付き合ってくれない？」

「えぇっと……」

ふわふわする頭で、どう返事をしようか考えている間に、車のシートと背中の間に手を差し入れられ、奥へ行くよう促《うなが》された。

「あ、あの……」

もうちょっと付き合うくらいは構わないのだが、私でいいのだろうか。最初は紹介という形で会う約束になっていたから、気を使って誘ってくれているのではないだろうか。それは申し訳ない。

そんな複雑な思いが脳裏をよぎったけれど、酔った頭では考えがまとまらなくてアタフタしてしまう。すると、彼は私が帰りの心配をしていると思ったらしく、安心させるように言った。

「ああ、ちゃんと最後は家に送ってあげるから」

「は、はい」

「うん」

ニコニコニコニコ。

岩泉さんは、とても楽しそうに笑っている。その笑顔を見たら、少なくとも彼が嫌々誘っているわけではないとわかった。

「ふふっ。もう一軒、行きましょう」

だから、嬉しいなあと思って私も笑った。

そうして着いたのは、喫茶店《きっさてん》のような佇《たたず》まいのワインバーだった。実際、昼間は喫茶《きっさ》店《てん》として営業しているらしい。店内のあちこちにワインの瓶が飾ってあって、可愛いお店だ。

——誘われるまま呑みにきちゃったけど、本当によかったのかな？

今さらながら、心配になってくる。

そんなことを考えているうちに、カウンター席に通された。岩泉さんと並んで席につく。

「ええと、私は酔っているのでソフトドリンクがいいです」

本格的に酔っている。さっきだって、歩くたびにふわんふわんとしていた。

「そっか。無理強いはしないけど、あと一杯くらい、サングリアとかどう？　ワインカクテル。おいしいよ？」

アルコールが入っていないものを頼もうとしたのだが、岩泉さんが示したカクテルがものすごくおいしそうで、あと一杯だけ呑むことにした。

「大丈夫。酔いつぶれたら、俺の家に連れて帰って、責任持って介抱するから」

そんな冗談もさらりと言ってしまう彼に、私は免疫《めんえき》がないのだからやめてほしいと思う。

だけど、彼は私の事情なんて知るはずもない。必死で平静を装《よそお》って返事をした。

「そうですか……」

いくら彼を意識していないとは言っても、こんな過激なことを言われて平気でいられるわけがない。なにせ私は、男性と付き合ったことなど一度もないのだ。それどころか、二人きりで呑みにきたのだって初である。

酔いとは別の熱さが頬《ほお》に集まってきたけれど、気がつかないふりをしてメニューを見つめた。

「夕夏ちゃん、俺にも、連絡先教えてくれる？」

注文が終わった後で、岩泉さんがスマホを取り出しながら聞いてきた。

――ん？　夕夏ちゃん？　さっきの食事会の時は『田中さん』と呼んでいなかったっけ。

急に親しみを込めたような呼び方をされて、ちょっと動揺してしまう。いくら意識するまでもない別世界の相手とはいえ、刺激が強すぎる。

とはいえ、連絡先を聞いたのは社交辞令だろう。私に恥《はじ》をかかせないように、聞いてくれているに違いない。

「はあ、いいですけど。そんなに気を使ってくださらなくて大丈夫ですよ？」

彼の手元を、ぼんやりと眺《なが》めながら答えた。

すると彼は、私が言う番号を登録して、一度電話をかけてきた。

その慣れた手つきから、彼にとってはよくしていることなんだろうと思う。そして、女性に番号を聞いて断られたことなんてないんだろうなあ、とも。

お互いに番号を登録し終わると、岩泉さんがテーブルに片肘をついて、私を覗《のぞ》き込んでくる。

妙に距離が近くて、ぎょっとしていると――

「夕夏ちゃん？　俺のこと、どう思う？」

唐突に、そんなことを聞いてきた。

なんだか、告白する前ふりのようなセリフだ。

というか、女の子に想いを伝えるよう促《うなが》しているような、「好き」と返ってくるのが当然のような言い方に、少し呆《あき》れる。

私もたいがい自意識過剰だが、彼もなかなかの自信家である。とはいえ、これだけあらゆるものが整っているなら、自信家なのも頷《うなず》ける話だ。

とにかく。彼がドキッとすることを言っても、今はそんな流れじゃない。なにせ相手は私。彼が好意を持つようなタイプの女じゃない。

――うん、大丈夫。口説かれているなんて勘違いしない。

「ハイスペックなイケメンさん」

「ぶはっ」

私が簡潔に答えると、思わずといった感じで噴き出された。

それから岩泉さんは、すごく楽しそうな表情で、内緒話をするように顔を耳元に近づけてくる。

「そのハイスペックなイケメンさんと付き合ってみない？」

――んんんんん？

その時ちょうど、サングリアが運ばれてきた。グラスの縁にカットオレンジを差してあって、とってもお洒落《しゃれ》だ。

気持ちを落ち着けるためにグラスを手に取り、オレンジをぱくんと食べる。それから意を決して、口を開いた。

「んと、ですね」

「うん？」

岩泉さんは体ごと私のほうを向き、片肘をついて見つめてくる。

「私って、自意識過剰なところがありまして」

相手の真意がわからずドキドキしながらしゃべるより、先に自己申告してしまおうと、口を開く。

きっと、岩泉さんはいろいろな女性と接したことがあるだろうし、変に格好をつけて空回るよりマシだと思った。

「へえ」

岩泉さんは、さして驚いた風もなく、そう言った。私を馬鹿にしたような様子のない、彼の優しさがありがたい。

「それでですね、んと、今、もしかして口説かれてる……？　みたいに感じるんですが」

言いながら、やっぱり恥《は》ずかしくて、声が小さくなっていく。

――もう、意識しないで、さらっと言えたらいいのに！

「ああ、口説いてるからね」

そう、こんな風に、さらっと答えられたら。

……？　あれ。

「そっかあ――口説いてる……？」

「そう。俺と付き合って？」

思考停止。

五秒。

十秒。

三十秒経過――

岩泉さんの顔を見たまま固まってたら、彼がふっと笑った。それから、私の唇についていたオレンジの粒を指で拭《ぬぐ》われた――ところで正気に戻って………

「うえええっ、ゔぇぇ!?」

大音量で奇声を発してしまったけど、私は悪くないと思う。

岩泉さんは、私のあまりの声の大きさにびっくりした顔をしてから、にっこり笑った。

その笑顔に、はっとして叫んだ。

「からかわないでください！　もう、もうっ……！　私はそういうの、慣れてないんですっ」

慣れてないどころか、初めてだ。

男性から冗談でも告白まがいのことをされたことで、目に涙まで浮かんでくる。

「からかってないけど」

「けど、面白がっているとか言うんでしょ！　もう、もう、もぉうっ」

恥《は》ずかしさで頭が回らなくて、「もう」としか言葉が出てこない。

岩泉さんは私を見て、くすくす笑って言った。

「そういう姿が可愛いと思うんだ。いつも隣にいられたらいいなって」

するりと伸びてきた彼の手が、私の髪を一房《ひとふさ》すくい上げる。

たったそれだけの仕草に、私は固まって動けなくなってしまった。

――『可愛い』。

そんなこと、初めて言われた。ずっと一人で生きていくことを目標にしてきたけど、やっぱり可愛いという言葉は嬉しくて。でも、どんな反応を返せばいいのかわからない。

「あの、あの……っ！」

パニックになって、意味なく手を振り回してしまう。彼は、そんな私を面白そうに眺《なが》めながら——

「うん、落ち着こうか」

ぽん、と私の頭を軽く叩き、顔を覗《のぞ》き込んできた。ち、近い！

「は、い………」

切れ長の目が、優しく細められる。間近で見る彼も、やっぱり格好よくて、頭の中がぐしゃぐしゃになってしまう。しかも、うろたえてうるさくする私を、呆《あき》れもせずに微《ほほ》笑《え》んで見守っていてくれる。

しばらくは俯《うつむ》いていたけれど、ちらりと視線を向けると、なにも言わずに彼は微笑《ほほえ》む。

そんな彼の姿に、じわじわと顔が熱くなってくる。

「ふふ。もっと真っ赤になった。可愛い」

耳を塞《ふさ》ぎたくなるような甘い声で、何度も私を可愛いと言う。

蕩《とろ》けるようなセリフとともに置かれた、頭の上の大きな掌《てのひら》が気持ちいい。

恥《は》ずかしくていたたまれないのに、頭に手を置かれると妙に落ち着く。顔を覗《のぞ》き込まれて、優しい目で見つめられるたびに、不思議と緊張は解《ほぐ》れていった。

私がじっと見つめても、目の前の岩泉さんは、依然《いぜん》として満面の笑みだ。

「ねえ、俺と付き合ってほしいと言ったんだけど、その返事を聞かせてもらえない？

まあ、今日会ったばかりだし、すぐには無理なら、これから考えてほしい」

――本気なの!?

てっきり、イケメンさんのリップサービスかと思ってた！

どうして私なのとか、こういう時はどう答えたらいいのとか、いろんな疑問が頭の中を通り過ぎていく。またもアタフタし始めた私に、彼は言う。

「あ、オッケーなら、今すぐ返事してくれていいよ？」

オッケーなわけない。たった数分、二人でいるだけで心臓が破裂寸前なのに。

そうだ。よく聞くあのセリフでお茶を濁《にご》して……！

「あ、おと……」

……もだちから……

「まさか断る気じゃないよね？　それなら、もう少し俺を知ってから判断してほしい」

お友達から、と最後まで言わせてもらえなかった。

さすが百戦錬磨《ひゃくせんれんま》の――かどうかは知らないが――イケメン。ぬかりない。

「それと、お友達からとか、無理だから」

――あっれ～？　そのフレーズって、告白をお断りする時の常套句《じょうとうく》なんじゃないのかな？　こう言っておけば万事解決！　の古来より伝わる魔法の言葉じゃなかったっけ？

「だって俺は、夕夏と手をつないで歩きたいし、抱き寄せてもみたい。キスしたりその後も……」

——突然なに言ってんの、この人!?　いきなり紡《つむ》がれる甘く過激な言葉に、私はぶるぶるっと首を横に振った。

っていうか、さり気なく『夕夏ちゃん』から呼び捨てに変わってるし！

なにせ私はお付き合い経験ゼロ。同年代の多くの女性が持っているであろうスルースキルも皆無だ。

あまりのことに、なにも言葉が出てこない。ぱっくんぱっくんと口を開け閉めしている間に、頭にあった彼の手が、するりと頬《ほお》に落ちてきた。そして親指で唇をたどられ、顎《あご》を捕まえられる。

「キス、してみていい？」

「ダメです！」

瞬時に答えた。

今、顔に触れられているのだって、私にとっては初めての経験。この上、キスまでされたら、即気絶したっておかしくない。

岩泉さんは私の答えの早さに驚いた様子で目を丸くして、顎《あご》から思わずといったように手を離し――大笑いした。

その後は、必要以上に接近したり過度のスキンシップをされることはなかった。

私がサングリアを呑み終えたところで店を出る。それからまた一緒にタクシーに乗って、私の家の前まで送ってくれた。

アパートの近くの大通り沿いで降ろしてくれたら歩いて帰ると、固辞《こじ》したけれど――

「夕夏がどんなところに住んでるのか知りたい。……って言ったら、気持ち悪い？」

それまでの自信に満ち溢《あふ》れた態度から一転、悲しそうな顔で覗《のぞ》き込まれて、思わず首を横に振った。

気持ち悪いってことはないけれど、遠回りすることになるから料金がかさむのが気になる、と言うと、彼はまた満面の笑みを浮かべる。

「そういうの気にするところも可愛い」

タクシーのメーターを気にすることの、どこが可愛いのかさっぱりだ。

……バーで告白まがいのことをされて以来、彼は私が恥《は》ずかしがることしか言わなくなってしまった。彼が私に本気なはずはないとわかっているのに、ドキドキが止まらない。

――結局、アパートの前まで送ると言って、彼は譲ってくれなかった。私は押し切られる形で承諾した。

アパートの前に着いてタクシーから降りようとしたら、車内に残った彼に手を引かれる。少し体が傾き、彼と顔が接近した。

「簡単に、家まで送らせたらダメだよ」

耳元でささやかれた――上に、ふっと、息を吹きかけられた。

思わず体が跳ね上がる。慌てて降りると、タクシーはすぐに発進した。岩泉さんはうしろを向き、手を振っている。大きな口を開けて笑いながら。

――お前が言うな～～～！

真っ赤な顔で、耳を押さえて立ち尽くした状態で、タクシーを見送った。


顔の赤みが引かないまま家に帰って、リビングの真ん中に座り込んでいる現在。

――私の勘違いでなければ、多分だけど、告白、されてしまった……

去り際に見た彼は、かなり笑っていた。やっぱり冗談だったのだろうか。男性に免疫《めんえき》のなさそうな私の反応が新鮮で、ちょっとからかってみただけとか……

うん、やっぱり冗談だ。また自意識過剰にも勘違いするところだった。

――彼は、私がもしさっきお付き合いを受けると言ったらどうしたのだろう。その場ですぐに「冗談だって」と否定した？　それとも、とりあえずお付き合いを始めるけれど、彼が飽きたらすぐに捨てられた……？　いずれにしても、申し出を受けたら傷付くことになりそう。

そう思うのに、彼の優しい笑顔や、低い声でささやかれた甘いセリフが蘇《よみがえ》ってきて頭から離れない。さっきからずっと、思い出しては身悶《みもだ》える、というのを繰り返している。どうしたらいいんだろう？

格好いいのはもちろんだけど、私がメニューに悩んだり返答に困ったりした時のさりげない優しさに、胸がときめいてしまった。自分が彼の特別になったような気がして。

——自意識過剰と言われるのが怖くて、ずっとずっと封じ込めていた気持ちを、自然と引き出されてしまった。とはいえ、この想いに身を任せて行動することはできない。もしも彼に冷たく拒絶されたら、それこそ立ち直れなくなってしまいそうだから。

——うん、やっぱり考えるのはやめよう。

私は、彼の笑顔を思い浮かべて強く首を横に振った。

彼に恋をしても無駄だし、向こうも私をからかっただけだ。

無理矢理自分を納得させようとしているのに、彼に触れられた髪や頬《ほお》が熱を持っていて、余計に意識してしまう。

ふいに、タクシーを降りる時の彼を思い出す。

——耳に息を吹きかけるとか！

あんなイタズラ、小学生の頃にされて以来なんですけど！　大人もやるんですね！

いや、むしろ大人の高等恋愛テクニックですか!?　現に私は、体の芯《しん》がゾクゾクするような変な感覚があって、余計に意識しちゃってますから！

…………………

あああぁ～。

岩泉さんの恋愛観は、ハイレベルすぎてついていけません。

そんなことを考えながら、さらに一人で身悶《みもだ》え続けていた。

その時、スマホがメールの着信を伝える。

頭を切り替えるつもりで、すぐにメールチェックをした。

『今帰ったよ。ただいま。次はいつ会える？』

送り主は、もちろん岩泉さん。思いもかけないメールに、頭の中が沸騰して、私の許容量を超えた。

2

次の日から、岩泉さんの甘いメール攻撃が始まった。

本気かどうかは別としても、好意を向けてくれているのだから、「攻撃」という言葉はふさわしくないのかもしれない。しかし、私にとっては攻撃に他ならないのだ。

『食事会、楽しかったね』

『あの日はすごく可愛かった』

『また会いたい』

と、どこのドラマのセリフですか、と思うようなものが次々に送られてくる。

私は自分のことを自意識過剰だと思っているが、彼もたいがい自信過剰だ。

私だったら、こんなことを送って引かれないかかな？　と気になって仕方ないだろう。

あの容姿と性格ならば、自信があって当然かもしれないけれど、そういうのを恐れない心の強さを尊敬する。

だからと言って、彼の誘いに乗ることはできず、『ごめんなさい。会えません』と送った。

しかし、それで引き下がる彼ではない。

『忙しいみたいだね。いつなら会える？』

と、すぐさま返事がくる。

――昨日も一昨日《おととい》も、夜九時過ぎにメールがきた。

現在の時刻は八時。この三日の経験から、私は少し……少しだけ、メールがくるのを期待していた。

毎回『ありがとうございます』とか『ごめんなさい』とか工夫のない返事しかできないくせに、自分勝手なのはわかっている。

連日届く甘いメールを見るたびに、彼は本当に私を可愛いと思ってくれているのかもしれないと、期待しそうになっている自分がいる。

——だけど、もし。もしも私がその気になって応じたら……

『え、本気にしてたの？　俺が君相手に真剣交際しようと思うとでも？　どんだけ自分に自信があるんだよ』

そんなことを言われる自分が、容易に想像できる。

誰かを好きになって、その想いを表現するのが怖い。

もし彼に冷たく突き放されたら、真に受けてその気になったことが恥《は》ずかしくて、自《じ》己嫌悪《こけんお》で、もう人前に出ることさえできなくなってしまうかもしれない。

リビングで座り、そんなことをグルグルと考えていた私は、もう一度、時間を見る。さっきから、まだ五分も経っていない。

ため息を吐いて、自分はどれだけ彼からの連絡を楽しみにしているのかと自嘲《じちょう》気味に笑った時だった。

ルルルル……ルルルル……

スマホが着信を知らせる。この音は、メールじゃなくて電話だ。

ということは、お目当ての連絡ではないと、がっかりしながら確認したら——

画面に表示されていた名前は、「岩泉さん」。

「えっ、なんで⁉」

思わず声に出してスマホを持ち上げた。

「は、はいっ……！」

『もしもし？　こんばんは』

「こっ……こんばんは。田中、です」

わかってるよと言われそうだと思いながら名乗ったところ、彼はくすくすと笑いながら『岩泉です』と言った。

『声が聞きたくて。今、大丈夫？』

初《しょ》っ端《ぱな》から甘く気障《きざ》なことを言われて、私は固まる。

声が聞きたいって、そんなにさらりと言えてしまうのですか⁉

「きょっ、今日は早めに仕事が終わったから、もう家で……」

慌てふためいて返答をする。

ドキドキと胸が高鳴って、スマホを握《にぎ》る自分の手に力が入った。

岩泉さんは、『本当は昨日も一昨日《おととい》も電話したかったけど、遅くまで休日出勤してたからかけなかった』と言う。

「お仕事、お疲れ様です」

そんなありきたりな言葉しかかけられない、自分の語彙《ごい》の少なさに落ち込む。けれど、そんな私の返答を気にする様子もなく、彼は『ありがとう』と電話口で笑っているようだった。

『できるなら、毎日でも電話して声を聞きたいけど、夜遅くにかけるのは迷惑だと思って』

いや、時間の問題じゃない。いちいち甘すぎるセリフをささやかれることに困っているんだけどっ！

「毎日なんて……絶対に無理です‼」

そんなことされたら、心臓が破裂する。

『ふーん……じゃあ、毎日じゃなきゃ、いいってこと？』

「いえ、その、あぅ……」

電話しながら、ふと部屋の隅に置かれているドレッサーの鏡が目に入った。両手でスマホを握《にぎ》って必死で耳に押し当てている私が映っている。顔は真っ赤だ。

ますますいたたまれなくなり、うまく言葉を紡《つむ》げなくなっていく。

そんな私の様子を察知しているらしい彼は、終始笑いながらも、しどろもどろで話す私を優しく待ってくれた。

『――また電話する』

「はい。おやすみなさい」

そう言って、電話は切れた。

時計を見ると、八時十五分。十分ほどの短い時間の会話。

だけど、私は彼の声を聞いている間中《あいだじゅう》ドキドキして、緊張して、胸がキューッとなるような感覚を味わっていた。

ぼすんとクッションに顔を埋《うず》め、独り言をつぶやく。

「毎日は、死ぬ……」

◇◆◇

翌日から、私の希望通り、毎日の電話は免《まぬが》れた。ただし、まったくないというわけではなく、二、三日に一度は電話があり、それ以外の日はメールがくる。私の要望を聞き入れつつも、連絡は欠かさない。マメな人だなあと思う。

ここ二週間ほどは、そんなペースで連絡を取っていた。

そんなに何度も電話で話していれば、さすがに少しは慣れる。今日かかってきた電話で、すでに五回目だ。

『それで、取引先の相手の名前間違えてさ――』

ちょうど今は、仕事でのドジな失敗談を聞かせてくれていた。私はそれを、クスクスと笑いながら聞いている。

岩泉さんは営業さんらしく、話題が豊富だ。彼の話はいつも面白くて、自然と自分がリラックスできているのを感じる。

「岩泉さんでもそんな失敗するんですね。祐子も、康司さんが――」

そう言った時、突然彼が『あ！』と大きな声を上げた。

「どうしたんですか？」

『康司のことは名前呼びなのに、俺のことはなんで隼って呼んでくれないの？』

……なにを言い出すかと思えば。

「祐子が同じ名字になるからですよ……」

二人とも岸谷さんだ。名前呼びになるのは仕方がない。

『なんで。ズルいだろ!?　俺も隼って呼ばれたい。それに、敬語もやめてほしいし』

「む、無理です」

こうやって電話をしていることに慣れたのも、自分的には快挙《かいきょ》だと思う。なのに、さらに名前呼びとタメ口だなんて。

その返答が、彼は気に入らなかったようで――

『だったら、康司のことも岸谷さんって呼んで。康司に嫉妬《しっと》するから』

と、拗《す》ねたように言われた。

その口調がなんだか可愛くて、私は思わず子供を宥《なだ》めるような気持ちになって了承してしまった。

「ふふっ。わかりました。……えと、隼、さんの希望に沿えるように、頑張……」

……やっぱ無理！

言っている途中で恥《は》ずかしさが湧《わ》き上がってきて、前言撤回しようとしたら――

『可愛いいぃ！』

嬉しそうな叫び声が聞こえてくる。私は羞恥《しゅうち》に耐えられなくなり、「おやすみなさいっ」

と言ってすぐさま電話を切った。

3

夕夏との電話を切った俺――岩泉隼は、座っていたベッドへと仰向けに倒れた。

「ああ～、うまくいかねぇ」

つい、そんな言葉が口をつく。

康司の結婚を祝う食事会で初めて会ってから二週間。毎日欠かさず連絡し、必死で口説いているのに、まったく手応《てごた》えがない。ハッキリ言って、こんなことは生まれて初めての経験。もっとも、最初の頃に比べれば、大分距離が縮まったと思うが。

──こんなにハマるなんて想定外だ。

そもそも、最初に『紹介したい子がいる』と言われた時には、嫌悪感すら抱いていたほどである。

「どうしたら、俺の本気が伝わるんだ……」

ぼんやりと天井を見つめ、康司に誘いを受けた日のことを思い出す──


年度始めの忙しさもようやく落ち着いてきた頃。

仕事が終わって机で伸びをしている時に、一人の男が近づいてきた。

「隼、飯食いに行かね？」

そう言ったのは、岸谷康司──俺たちが働いているKISHITANI《キシタニ》総合商社の創業者一族であり、社長令息だ。今時、同族経営でもないので、将来的に奴が必ず社長になるとは決まっていない。しかし康司は、その席がほしいと努力を続けている。そして、徐々にではあるが康司はその手腕を認められつつあった。

将来有望な御曹司と俺が、なぜこんな気安い関係かというと、幼馴染《おさななじみ》だから。親同士の仲が良く、小学校から大学まで、ずっと同じだった。

俺たちは折に触れ、この巨大な企業を我らが手で動かしていきたいと語り合ってきた。

そして今は康司が営業一課課長、俺は係長という役割を得ている。

そんな康司は、つい最近、総務課の田中祐子ちゃんとの結婚が決まったばかり。こいつのほうがベタ惚《ほ》れで、彼女と付き合い始めてからは、まったく誘いもなかった。突然、食事に誘ってくるなんて珍しい。俺は不思議に思いながら視線を上げた。

「今からか？」

もう帰り支度《じたく》ができるから俺は大丈夫だが、康司のほうは結婚式の準備などで忙しいと聞いている。

「ああ、違う。今日じゃなくて、近いうちに。結婚前に祐子が、お前と一緒に食事に行きたいって言い出して」

彼氏の友達と食事に行って、なにが楽しいんだ？

「で、祐子がお前に紹介したい子がいるんだと」

——その言葉を聞いた瞬間、自分の顔が歪《ゆが》んだのがわかった。

誰かの紹介で、女と会うのは大嫌いだ。

こっちにその気がなくても、俺の情報はダダ漏れで、いつの間にか自宅まで知られて待ち伏せされたこともある。

そんな恐ろしい目に遭《あ》うくらいなら、街で声を掛けてきた子と遊ぶほうが楽だ。

「そんな顔すんなって。すっげ、いい子だよ。俺の彼女の太鼓判《たいこばん》」

祐子ちゃんはいい子だと思うが、その友達もそうとは限らない。

どうせ、祐子ちゃんが康司と結婚して玉の輿《こし》に乗ると知り、自分にも誰か紹介しろと言ってきたんだろ？

この上なく面倒くさい。

そんな女が、いい子なわけない。

「絶対嫌だ」

そう言われるのがわかっていたというように、康司は苦笑いしている。

「俺も何度か会ったことある子で、お前と合うと思ったんだけどな」

そんなことをつぶやく康司を放って、俺はさっさとオフィスを出た。

だからそこで、その話は終わった――はずだった。

「隼、悪い。一昨日《おととい》の話は忘れてくれ」

昼休み、休憩室《きゅうけい》にいたら康司が現れた。わざわざ缶コーヒーを持ってきて、それを俺に渡してくる。お詫《わ》びの品だとでも言いたいのか。

「あ？」

「紹介したい子がいるって話だよ」

康司は申し訳なさそうにしているが、別に構わない。そもそも俺は、最初から会いたくなかった。

「断っただろ」

眉をひそめて言うと、康司は残念そうにため息を吐いた。

「……なら、いいか。実は向こうからも断られて」

――はあ？　向こうが紹介しろって言ってきたんじゃないのか。

康司にそう尋ねると、このカップルの独断だったことが判明した。

それで、向こうにも話したら、相手も断ってきたのだという。

勝手に俺がフラれたみたいな状態になり、釈然《しゃくぜん》としない。大きな不満を抱きつつ、康司が持ってきたコーヒーのプルタブを開ける。

「だから、紹介の席ではなく、二人に結婚のお祝いをしてもらう席になった」

缶に口を付けようとした時に驚きの言葉を告げられ、横に突っ立っている康司を見る。

「はあぁ？」

俺の声が大きくて、他の休憩《きゅうけい》している社員が振り返った。

――確かに、幼馴染《おさななじみ》とはいえ、仮にも上司に使う言葉じゃない。

だが、今は言わせてもらいたい。それ、ただの屁理屈《へりくつ》じゃね!?　結局、会うことに変わりないのだから。

……もしかしたら、紹介という形で会うより、共通の友人の祝いの席としたほうが体裁がいいとかなんとか、相手の女と祐子ちゃんが画策《かくさく》したのかも。

——この時の俺は、これまで散々、女の面倒事に巻き込まれてきたため、警戒心の塊《かたまり》だった。

しかし、そんな俺の心情など、どこ吹く風な康司は、呑気《のんき》に話を続ける。

「というわけで、来週の金曜日、食事に付き合ってくれ」

言われて、天を仰《あお》いだ。

ダメだ。康司はもう、恋人に惚《ほ》れすぎて頭のネジが緩みきってるからあてにならない。

深いため息を一つ吐いて、仕方がないからＯＫの返事をした。

そして迎えた金曜日。当日は、仕事帰りにそのまま店に向かうことに。康司が車を出してくれると言うから、ありがたく同乗させてもらった。祐子ちゃんは先に行っているらしい。

『今日は祐子が呑むから、俺は車係なんだ』と、嬉しそうに話す康司。女のために、あれこれしたいなんて気持ち、俺には理解できない。

レストランに着くと、店の前に二人組の女性が立っていた。

祐子ちゃんの横にいた彼女は、緊張した様子だ。

淡い色のすっきりしたワンピースが、白く柔《やわ》らかそうな肌を際立たせていた。

派手さはないけれど、抱き心地がよさそうで悪い感じはしない……なんて、つい不埒《ふらち》なことを考えてしまう。

男を紹介してほしいとごり押しするような感じではないが、見た目じゃわからないからな。

――自分の見た目とか、環境だとかが女受けすることは知っている。父親が大手総合商社のそれなりのポストに就《つ》いていることもあり、裕福な家庭で育ったという自覚もある。その辺りの事情も、祐子ちゃんから聞いて知っているのかもしれない。

嫌悪感も露《あら》わに不躾《ぶしつけ》な視線を向ける。彼女は不思議そうに俺を見上げていた。こんな無邪気《むじゃき》そうな顔をして、内心ではあざとく計算しているかと思うと、さらに厄介《やっかい》な女だ。

――近くで見た彼女は、うん、まあ、好みだったけれど。

俺は、そんな気持ちなどおくびにも出さず、ますます不機嫌さを丸出しにした態度を取った。

しかし次の瞬間――彼女は、ふふっと、笑い声をこぼした。

ホッとして、思わず笑ってしまったという様子だ。

――なぜだ？　意味がわからない。

ビックリしていると、彼女は慌てたように自己紹介してきた。

――やばい、可愛い。

そう、彼女は俺の好みのタイプだ。地味で優しそうな雰囲気で、柔《やわ》らかそうな子が好きなのである。

しかし、大体、自分の好みの子は、俺のことを好きにはならない。軽くモーションをかけても、この見た目が緊張すると言って敬遠されてしまう。寄ってくるのは、ステータス大好きな派手好きの女ばかりで、好みの子と付き合ったことはなかった。

だからもしかすると、この出会いは俺にとってもチャンスかもしれない。

——う〜〜ん、この子になら、ちょっとくらい近寄られてもいいかな〜。

高飛車《たかびしゃ》にも、そう考えていた俺は、この後、非常に苦労することになるのだった。


食事を始めて、早一時間。

……本気で、結婚祝いの席だった。

席こそ隣同士で座っているが、俺たちの間に会話はほぼない。彼女は、康司と祐子ちゃんのなれそめを聞きたがり、新居の話などで盛り上がっている。話の流れ上、俺のことが出てくる場合もあるが、そこから会話を広げて探りを入れてくる、ということは皆無だった。最初は、恥《は》ずかしがって自分からは話せないのかとも思ったが、祐子ちゃんも俺たちの仲を取り持とうという雰囲気じゃない。

考えていたような状況ではない上に、康司が社長令息だということさえ初めて知ったようで、非常に驚いていた。

そして、家柄の良い家に嫁ぐことになった友人を羨《うらや》むのではなく、苦労しないのかと心配していた。

祐子ちゃんが玉の輿《こし》に乗ったことは、二人にとって重要ではないらしい。

――いや、俺が想像していたのとは別の理由では重要そうだった。

もし嫁いびりなどに遭《あ》い、辛い時にはいつでも助けると盛り上がっている。いざとなったら、二人でどこかへ逃げようとかなんとか話して、康司を敵に回していた。

そんな二人の様子を見て、康司は必死で祐子ちゃんの手を握《にぎ》って引き留めている。うろたえる康司の姿に、笑いが止まらなかった。

こうして、思った以上に楽しい食事が終わり、会計の時。

俺はすっかり彼女を見直し、もっと話してみたい気持ちになっていた。康司たちと別れたら、この後どこかに誘って……と考えていると、横からつんと服を引っ張られる。

「あの紙、取ってください」

こちらに体を寄せてきた彼女が、俺の向かいの席に座る康司が手に取ろうとしている伝票がほしいと言ってきた。

彼女との距離が急に近くなったことにドキドキして、なにも考えないままに伝票を渡す。

なんと彼女は、ここの食事代を自分で払うつもりだった。しかも、祐子ちゃんの分も。

今、彼女が社長令息に嫁ぐという話を聞いたばかりだというのに。奢《おご》ってもらおうとか、そういう発想はないのか。

――ああ。

今まで出会ってきた女性とは、まったく違う。俺は、嬉しそうに財布を握《にぎ》りしめる彼女に見惚《みと》れた。

その後、俺が全員分払うとも申し出たが、彼女は譲らず、お互いにそれぞれの友人の分を持つことに。

この頃には、すっかり彼女のことが気になっていたので、むしろ払わせてほしいと思っていたのだが、『初対面の人にご馳走《ちそう》してもらうなんて、できません』と他人行儀に断られ、秘《ひそ》かに落ち込んだくらいだった。


こうして支払いを済ませて店の外に出たところで、車を示しながら康司が言った。

「夕夏ちゃん、送っていくよ」

――おい、やめろ。お前は祐子ちゃんと二人で、さっさと帰れ。

怨念《おんねん》を込めて睨《にら》み付ける。そんな俺を面白そうに眺《なが》めながら、康司は帰っていった。

レストランで、祐子ちゃんにあしらわれている康司を見て、ずっと笑っていた仕返しか！

俺が彼女を気に入ったとわかっていて、嫌がらせしたに違いない。これから口説こうと思っているのに、帰られたらたまらない。勝負はこれからだ。

そんな俺の想いなど露知《つゆし》らず、彼女は康司たちを見送った後、明らかに自分も帰ろうとしていた。

──いやいやいや。

自分でも驚くほど内心慌てていた。

「送っていくよ」

そう言うのに、彼女は一人でタクシーで帰ると言う。

──もうわかった。

いや、もうずいぶん前からわかっていたけれど、彼女が紹介を断ったというのはマジだ。今日、この場に来たのは、祐子ちゃんにおめでとうを言いたかっただけ。

さらには、俺にはまったく興味がございません。

……思った以上にショックだった。

一緒に食事して、それなりに楽しくて、二人きりになれば、もう少し一緒にいたいとかさぁ、あるだろ？

それなのに彼女は『私は本当に一人で平気です。だからどうぞ、お気になさらず』なんて言い、口説いていることにすら気づかない。経験したことのない情けない状況に陥《おちい》り、涙が出てきそうだった。

——その後は、半分意地になって、呑み直そうと言って一緒のタクシーに乗り込み、次のお店へと誘った。

二軒目のバーでの様子も予想外のもので、俺はますます彼女にハマり、必死で口説いて口説いて……いつの間にか本気になっていて。

毎日のようにメールや電話をするようになったけど、彼女はなかなか自分の言葉を信じてくれない。

こうして俺の、夕夏に常時愛をささやく日々は始まったのだった。

◇◆◇

夕夏と出会って一か月半が経った頃。

昼休憩《きゅうけい》に入り、呑気《のんき》に自分のデスクで弁当を開けようとしていた康司に声をかける。

俺はかなり苛立《いらだ》っていた。

「おい」

「あ、これ？　もちろん、愛妻べんと……」

「聞いてねえよ！」

というか、何度も聞いたからもういいよ！

『料理はあまり得意じゃないけど、旦那様にお弁当を作るのが夢だったから頑張る」とか言うんだ。段々上手になってきて、最近はもう、すっげ、うまいんだよ。俺って幸せだろ！』ってとこまで、何度も！

「イラついてんな。飯でも食えよ。俺の弁当はやらんが」

「いらねえよ。――会ってくれないんだよ」

「夕夏ちゃんがか？　……嫌われてんじゃね？」

――ぶっとばす。

俺の本気のイラつきを感じたのか、康司は気を取り直した様子で、ようやく弁当から視線を離してこっちを向いた。

「あー……、彼女とは、あれから会ったの？」

ようやく話を聞いてくれる気になった友人に、ため息を吐きながら首を横に振って応《こた》えた。

結婚祝いの食事会の翌週は、自分でも機嫌がよかったと思う。月曜に康司に会った時には、いい子だった、上手くいきそうかも、なんて話していた。恥《は》ずかしがってはいたけれど、嫌がられている様子はなかったから。

――一緒にいて、あんなに安らげる子は初めてだった。もっと一緒にいたいと思ったのだ。

次の日もメールをしたし、その後も、早めに帰れた日には夜に電話で話したりもして

いる。

電話はあまり得意ではないようで、かけるといつもあたふたしているのが声から伝

わってくる。それを可愛いと言うと、『もう無理です！』とすぐに、切られてしまうの

だけど。

彼女はまったく男慣れしていない様子だったので、徐々に距離を縮めていけば、いつ

かは振り向かせられる……そう思っていた。

しかし、休日に一緒に出かけようと誘うと、決まって断られるのだ。

電話の声は嫌がっていないし、楽しそうにしているように思える。

三日に一度のペースでかけているので、段々慣れて、彼女が自分から話すことも増え

てきた。

メールをすれば、返信までの時間にばらつきはあるものの、必ず返事はくる。遅くなっ

た時は、『気づかなかった。ごめんね』という、可愛い一言入りで。

――だというのに、だ。

いつ誘っても断られる。

休みの日は都合が悪いのかと、平日の夕食にも誘った。

それも断られた。

しかも毎回、嫌そうにというより、申し訳なさそうに断るので、なんとなく理由を聞けない。こうして俺は、会ってもらえない理由を聞くこともできないヘタレと化していたのだ。

「聞けよ」

康司が突っ込んでくるが無視する。

「お前が誰かと、そんな頻繁に連絡を取るなんて、珍しいな。というか、お前ってプライベートでメール使うのか⁉」

康司が不思議そうに聞いてくるが、これも無視をする。

――自分でも驚いているのだ。

しかし、康司が驚くのも無理はない。俺は仕事以外でメールを、ほぼ使わない。打つのが面倒だからだ。用事があるなら電話で言えばいい。そのほうが早い。

ついでに、用事もないのに電話するなんてこともしたことがなかった。

いや、俺的には今も、用事もなく電話しているつもりはない。夕夏の声を聞く、という用事があってかけているのだから。だが、そんな理由、ひと月半前の自分が聞いたら「そんなの用事じゃねーよ」と一蹴《いっしゅう》したことだろう。

――こんな風に、すっかり俺は変わってしまった。自分でも信じられないくらいである。

夕夏の声が聞きたい。顔が見たい。会いたい。

そう思って今週も誘ったが、また断られたのだ。

「なぜだと思う？」

「俺に聞いても知らねえよ。直接夕夏ちゃんに聞けばいいだろ？」

康司が呆《あき》れ顔で弁当を食べようとした時、背後から声がかかった。

「あの、岩泉係長」

振り向くと、書類を持った女性社員が顔を赤くして立っていた。

「これ、企画書です。私、係長に見ていただきたくって……」

「わかった。机に置いておいて。わざわざ持ってこなくていいから」

女性社員の言葉を遮《さえぎ》って、俺の机を指さした。

彼女は一瞬、残念そうな顔をして、さらになにか言おうとする。俺は手を振って止めた。

「今は昼休みだよね？　食事時間削《けず》って仕事するのは立派だけど、効率を考えて。それにこれは、急ぎの案件でもなかっただろ？」

彼女はぐっと言葉に詰まった後、小さく返事をして離れていった。

――今みたいに、俺と康司が雑談していると、大体誰かが話しかけてくるのだ。俺たちの雑談に入れてもらおうと考えるかのように。

さっきの女性が持ってきた企画書も、本来は直接俺に提出するのではなく、チーフを通して上がってくるべきものだ。

本当に鬱陶《うっとう》しい。

「ああ、これが本来の隼だよなあ」

妙に感心したように康司が言ったが、そんなことに構っている場合じゃない。

「会いたいんだ」

俺が言うと、康司は首を傾《かし》げる。

「会ってくれないんだろ？」

「だからお前に、どうにかしてくれと頼んでいるんだ！　紹介した者の責任として、最後まで面倒見てくれ！」

うわあ……、という顔をされたが、気にしていられない。

「こんだけ誘って、会ってくれないとか、あとどうすればいいんだ。待ち伏せか？　ストーカーか？」

「待て待て待て。わかった。祐子に探りを入れてもらう。犯罪はやめてくれ。会社の評判に関わる」

もちろん、俺としてもストーカーをしたいわけじゃない。

友人に仲を取り持ってもらうなんて格好悪いにもほどがあるが、背に腹は替えられない。

――有力な協力者を得て、これで一歩前進かと期待していた。

しかし、その道のりがまだまだ長いことを、この時の俺は知らない……

仕事を終えた俺は、康司たちのお宅にお邪魔《じゃま》した。

二人とも残業したので、祐子ちゃんは先に帰宅しているという。

時刻はもう八時過ぎ。いつもだったら夕夏との電話タイムにあてている時間だが、今日は仕方ない。

「岩泉さん、いらっしゃい」

不思議そうな顔で祐子ちゃんが出迎えてくれた。今晩俺がお邪魔《じゃま》することは伝えてあったようだが、詳しい事情は話していないらしい。

「悪い。こんな遅くに」

今が一番楽しいような時期のラブラブカップルの家を、急に訪ねるのは申し訳ない。

「いいけど、どうしたの？」

祐子ちゃんは、俺が今日訪ねてきた理由が、まるで見当もつかない様子。俺はため息を吐きたくなった。

つまり夕夏は、祐子ちゃんに俺とのことをなにも話していないのだろう。

……それは、俺のことがまったく眼中《がんちゅう》にないということか。

「夕夏ちゃんにフラれ続けてるんだと」

三人でリビングへと向かいながら、康司が余計なことを言う。

――フラれてない。断られ続けているだけだ！

いつもの祐子ちゃんだったら、「夕夏、口説かれてるの!?　うっそお」とか、テンションの高い反応が返ってくると思っていたのに、「ああ……ダメだった？」という悲しそうな表情が返ってきた。

祐子ちゃんの反応に俺が戸惑った表情を見せると、彼女は困ったように視線を揺らした。

「自分も詳しく聞いたわけではないし、人に話していい内容かもわからないのだけど」

祐子ちゃんはそう前置きをして、夕夏が『自意識過剰』であることを非常に気にしているのだと教えてくれた。

「夕夏ね、人の視線をすごく怖がるの。人にどう思われているかをすごく気にする。私が知り合った大学の頃にはすでにそうだったから、もしかするとそれ以前になにか嫌な思いをしたことがあるのかも」

「自意識過剰……」

そういえば、二人でバーに行った時にも、夕夏はそんなことを言っていた。

「私は、そんなに他人の目を気にする必要ないと思うの。第一、夕夏のことを自意識過剰だとも思わないし。でもあの子は私がいくらそう言っても、なかなか自分の殻の中から出てこない。だったら、夕夏が思わず見惚《みと》れて視線を独占されちゃうような人を隣に置いてみたら、外に出られるんじゃないかと思ったんだけど……」

祐子ちゃんが苦笑いしながらいったん言葉を区切った後、「荒療治だったね」とつぶやいた。

「つまり、俺が腕の中に囲って、外を見られなくすればいいんだろ？　そうすれば夕夏は、自分の殻から外に出ても怖くない」

連日誘いを断られている状況で言えたことではないが、俺とは別になにか理由がありそうだと知り、少し安心した。失いつつあった自信を取り戻し、ますます彼女がほしくて仕方なくなる。

——俺の手で、彼女を変えたい。

ゆくゆくは自信をつけて前を向けるようになったほうがいいと思うが、まずは一緒に外の世界に出てほしい。他を気にする暇もないくらい、俺に夢中になればいい。

にやりと笑う俺を見て、祐子ちゃんは驚いた顔をして噴き出す。そして、いい考えだと言うように頷《うなず》き、いつもの笑顔を見せた。

「そうね。そうしてくれる？」

そう言って、彼女はスマホを持ち上げた。

4

私が隼さんと、電話やメールでのやり取りをするようになって、もう一か月半が過ぎた。名前で呼ぶことにもなんとか慣れて、最近、隼さんからの電話を待っている自分がいる。

時刻はもう夜の八時半。電話がある時はたいてい八時までにあるから、今日はもうかかってこない可能性が高い。二時間近くおしゃべりする日もあるため、夕食も入浴も先に済ませて、秘《ひそ》かに待っているんだけどな……少し残念に思いながらのんびりしていると、スマホが震《ふる》えた。

すぐに画面を見ると、「祐子」の文字。表示された名前に、思わずがっかりしてしまう。

――いやいやいや、祐子から電話がかかってきてがっかりとかないし！

気を取り直して、スマホを取る。

「はい。どうしたの？」

電話に出た途端、大声で聞かれた。

『夕夏、口説かれてるってホント？』

ぐぉほっ。

思わず、むせた。

『夕夏、大丈夫？　どうしたの？』

「けほっ、や、大丈夫。むせただけ。っていうか、なにそれ。どこ情報？」

『康司』

ですよね！　その人しかいませんね！

――でも、意外だった。

なんとなく、隼さんは女性関係とかを、友人に話したりするタイプではないと思っていたから。

『で、会ってあげないんだって？　岩泉さんが悩んでたらしいよ～』

祐子は明らかに面白がっている。

「隼さんが、そんなことで悩むはずないでしょ。ただ……会う必要ないかなって思って」

というか、会ったらダメな気がする。

会えば私は、彼を好きにならない自信がない。そして、好きになってもらえる自信はもっとない。

電話やメールのたびに可愛いと言ってくれるのは、単なるお世辞《せじ》だ。それを真に受けて本気になるのは危険だ。私だって、身の程はわきまえている。

『え〜？　会うの、嫌なの？』

ストレートな祐子の問いに、言葉が詰まる。

「え、いや……嫌というわけでは……」

『夕夏も会いたいんじゃなぁい〜〜〜!!』

きゃあああ!!

電話の向こうから、歓喜《かんき》の叫びが聞こえる。

「ちょっ……！　そんなこと言ってないでしょ!?」

『なに言ってるの！　夕夏がきっぱり会いたくないって言わなかったのよ？　それも男に！　赤飯ものよ！』

――確かに。と、思ってしまったことは内緒だ。

『で？　なんで会ってあげないの？』

鋭い質問に、ぐっと、言葉に詰まって、誰もいないのに、きょろきょろと辺りを確認してしまう。

顔に熱が集まってきて、すでに真っ赤であると、鏡を見なくてもわかる。

電話の向こうは黙ったまま。

答えを言うまで、このまま待つ姿勢だ。

「…………………………恥《は》ずかしいから」

「恥《は》ずかしいんだよ、あの人！　すぐ可愛いとか、気障《きざ》なことも言うし、あと、あとっ……！」

――ですよね！

『なんじゃそら』

必死で言葉を紡《つむ》いでいると、電話の向こうで『ちょっとかわって』という男の人の声が聞こえて――

『あと？』

祐子からかわって、隼さんが出た。

「………っ⁉」

思わず息を呑んで、そのまま通話終了ボタンを押してしまう。

――どうしてどうしてどうして、隼さんがっ⁉

私の言葉、どこまで聞かれてしまったんだろう。私はなにをしゃべったっけ？

また震《ふる》え始めるスマホを床に放り投げて、もう寝てしまおうと思った。

歯を磨《みが》いて、トイレに行って戻ってきても、まだ震《ふる》え続けていたスマホ。私はそれを見ないふりして、ベッドに潜《もぐ》り込んだ。

——とはいえ、無視し続けるにも限度がある。

スマホは、かれこれ三十分ほど震《ふる》え続けている。画面にはもちろん、発信者を伝える「岩泉さん」の文字。

いい加減、このまま放っておくわけにはいかない。でも、恥《は》ずかしくて話すことなんてできそうにない。

——さっきの祐子との話を聞いて、彼はどう思っただろう。

会話を聞かれていなかったとしても、話のいきさつを祐子から聞いてはいるだろう。

会いたいと思いながら彼を避けて、気のあるそぶりを見せながら会う気のない私は、彼の目には悪女のように映っているのかもしれない。

そんな風に誤解されるのは悲しいけれど、自分が蒔《ま》いた種だ。

さらにしばらくの間、ベッドの中から震《ふる》え続けるスマホをぼんやりと眺《なが》める。すると、あんなに切れては震《ふる》えてを繰り返していたスマホが沈黙した。

——もう彼は、諦《あきら》めてしまったのだろうか。

ずくんと身勝手にも胸が痛む。

無視していたのは自分。なのに、諦《あきら》められるのも辛いだなんて、どうすればいいんだという話だ。

泣きそうになって、大きく息を吸い込んだけれど、却《かえ》って涙がにじんできてしまった。

そこに、玄関のチャイムが鳴った。

――――ん？

もう一度鳴った。

時計は九時をとっくに回っている。こんな時間に訪ねて来る人とは……？

いや、そんなまさか。

一瞬、期待を込めて、ある人物が思い浮かんだけど、すぐに打ち消した。

すると次の瞬間――どん、とドアを拳《こぶし》で叩く音が。

「開けろ」

「ごっ……強盗ですか⁉」

外から聞こえてきた隼さんの声に、思わず、可愛げないことを叫んでしまう。ビックリしたけど、嫌だとか怖いだとかは思っていない。

「近いものがあるが、隼だ。開けろ」

どうやら私の叫びは聞こえていたらしい。

慌ててドアの傍まで駆《か》けていって――どんな顔をして会えばよいのだと、足が止まった。震《ふる》えるほど喜んでいる自分を感じているのに、同じくらい怖がっている自分もいる。

しばらく躊躇《ためら》っていたら、今度は小さくコンコンとドアを叩く音がした。

「部屋の中には上がらないから。玄関先だけ、入れてくれ……顔が見たい」

その言葉にハッとする。この状況じゃあ、周囲の住人に隼さんが不審者と誤解されかねない。

「頼む。話がしたい」

隼さんの声が苦しそうに聞こえて――私はそっと玄関の鍵を開けた。

ゆっくり開けた玄関ドアの向こうに、ホッとしたように笑う隼さんがいた。

彼は相変わらず格好よくて、私は目を合わせられないまま彼を玄関の中に招き入れた。

「夕夏――」

呼びかけられて視線を上げると、彼はなぜか眉間《みけん》にしわを寄せている。

「お前は……なんて格好をしているんだ」

今の私は、パイル地の半袖短パンのルームウェアを着ている。でも、怒られるほどひどい格好はしていない気も。それに、寝る前なんてみんな、こんなもんじゃないのだろうか。

「寝る気だったんだもの……」

「そういう意味じゃない。男と会うのに露出しすぎ」

――そういう意味⁉　こんな時間に男の人と会ったことないから、そこまで気が回らなかったよ！

予想外の指摘を受け、私の顔は、今着ているピンクのルームウェアと同じような色をしているんじゃないだろうか。

恥《は》ずかしすぎて、顔を上げられない。

いたたまれなくて、ショートパンツの裾《すそ》を握《にぎ》りしめて、足の親指をぴこぴこ動かしてしまう。

すると、目の前で呻《うめ》くような声が聞こえたので、視線を上げて、隼さんの顔を見る。

すると目が合った瞬間、顔面を手で押さえつけられた。

――これは……アイアンクローってやつじゃないでしょうか！　痛くはないけど。

「プロレス技をかける気ですか⁉」

「変なことを言うな！」

女性の顔面を掴《つか》んでる隼さんに言われたくない！

「くそっ……！　ここまで理性を試されるとは思わなかった」

文句を言おうとしたところで、隼さんが小さくつぶやき、ぎゅっと引き寄せられる。

一瞬、なにが起きたかわからなかった。

頬《ほお》に当たっているのは、隼さんの着ているワイシャツ。

初めて男性に抱きしめられたせいで、抵抗することすらできずに、かちんと体が固まる。

「な、なな、なにをしているのでしょう、隼さん」

必死で紡《つむ》いだ言葉に、隼さんは私の頭頂部に頬《ほお》ずりをしながら、呑気《のんき》そうに答えた。

「ん～？　充電」

——えええぇ？　私に電気は流れてないけど！　ロボットじゃないんだから。

隼さんの家で使っているのだろう洗剤のにおいと、少しの汗のにおいを間近で感じる。

彼の腕の中は、温かくて、存外居心地がいい。驚きと恥《は》ずかしさが一通り過ぎると、強い安心感があった。

ちょうど寝ようと思っていたこともあり、いい感じに柔《やわ》らかくて温かいこの場所は、眠気を誘う。

——ちょっと、体重を預《あず》けてみてもいいだろうか。

彼が私の頭にしていた頬《ほお》ずりが止まり、ますます寝やすくなった。

うん、気持ちいい——

「おい」

「……」

「夕夏？」

「…………」

「寝るな！」

「ふえぇぇ！」

頭を両手で掴《つか》まれて、私は目をパチパチさせた。

「なんで寝ようとするんだ、この体勢で」

「気持ちよかったので、つい……」

「……………………そうか」

そう言って彼は、私の肩を片手で押さえて体を遠ざけたまま、空《あ》いている手で自分の顔を覆《おお》う。

耳が赤い気がする。

なぜそんな反応をされるのだろうか？　よくわからず、コテンと首を傾《かし》げた。

「くっ！　なんだその反応、可愛すぎるだろ！　押し倒したい！　それに、会えない理由が『恥《は》ずかしいから』ってなんだ」

セリフの途中に不穏な言葉が入ってた気がするけど、本題はそこじゃない。

やっぱり、さっきの祐子との会話を隼さんは知っているのだ。

「恥《は》ずかしいってことは……俺が気障《きざ》なことを言わなければ、デートしてくれるのか」

「デッ……！　デートとかも無理っ。したことないし！」

「………したことないのか」

——なぜ嬉しそうなんでしょうかね、隼さん？

「よし、可愛いと言うのは、十分の九にまで減らそう」

「全面的にやめて！」

「夕夏が可愛すぎて、無意識に出るんだ。多少は仕方ないだろう」

「だからっ！　そういうのがっ！」

「慣れろ」

「ひどい！」

涙目になった私を宥《なだ》めるように、隼さんは頭を撫《な》でる。

――ついさっき気づいたけど、なぜか隼さんには触られても平気だ。学生の頃は、体育祭のダンスで男の子と手を繋ぐだけで緊張してたのに。隼さんのぬくもりにホッとする。

それに、イケメンな顔をじっくり見るのも好きだ。もちろん鑑賞対象として。

甘いセリフは……冗談でも言われるとドキドキしてしまうので、しゃべらずいてくれればいいのに。

なんて失礼なことを考えていたら、ふと、隼さんが真面目な顔になった。

「そういえば夕夏、明後日《あさって》の土曜日、なにか予定があるのか？」

「え？　いや、特にないよ」

「じゃあ、仕事？」

「ううん。なにも予定はない……こともない！」

つい数日前に、今週の土曜は用事がある、と言って隼さんの誘いを断っていたのだった。忘れてた。

必死で言い訳を考えようとするのだけど――

「じゃあ、土曜日、九時に迎えにくるから」

――ああっ、すでに話を聞いてくれない！

しかも、さっさと踵《きびす》を返して帰ろうとしている。私は隼さんを両手で掴《つか》んで引き留める。

「無理無理！　そんな急なの！　着るものとか、コーデとか、悩むし！」

「そっかあ」

にへ～と、隼さんの顔が緩む。

――私、なにかマズイことを言った？

「つまり、悩むから気が進まないんであって、俺と会うのが嫌なわけじゃないと」

……完全にマズイこと言いましたね、私！

「服、俺が決める」

「は？」

「土曜の九時にここへ迎えにきて俺が決めるから、服の候補を並べて待ってて」

「え？」

「じゃ、おやすみ」

頬《ほお》にキスを落としてから、隼さんは嬉しそうな顔で出ていった。

「ちょっ？」

「え～～～？」

玄関で一人、彼の唇が触れた頬《ほお》を手で押さえてへたり込む。

「私の、初キス……」

頬《ほお》にだけど、キスをされたのは初めての経験だ。それどころか、男の人が家に来たのも、抱きしめられたのだって。頭の中は混乱状態だけど、そのどれもが嫌な気持ちはまったくしていない。

「土曜日、どうしよう」

しばらく玄関で呆然《ほうぜん》とした後、ベッドに入ったけど、その日は夜遅くまで眠れなかった。

5

「本当に来た……」

「来るって言っただろう？」

土曜日。隼さんは、九時を三分ほど過ぎた頃にやってきた。

そんな彼を出迎えた私は、お化粧は終えたけれどルームウェアを着た状態。

昨夜、頑張って服を選ぼうとしてみたけれど、気合い入れすぎとか、ラフすぎとか、似合わないかもとか、ダサいかも？　とか、とか……考えすぎて、諦《あきら》めてしまった。

選んでくれるって言うなら、お言葉に甘えようと、服をベッドの上に並べた状態だ。

ルームウェアみたいなラフな格好で会うのはいかがなものか、とも一瞬思った。でも一昨日《おととい》もそうだったし、なんか、もうそれ以上に恥《は》ずかしいことだらけで、今さらだなと感じたくらい。

隼さんを部屋の中に案内しつつ、服を選んでほしい旨《むね》を伝えた。

「その服も可愛いよね。一昨日《おととい》抱きしめたら、抱き心地がよかったし。もう一回抱きしめていい？」

「気障《きざ》なセリフを減らす努力は!?」

ちょっと疲労感を覚えつつ、ベッドの上の服を見せた。

彼は、服をぐるっと見回して「やっぱスカートだよな」とつぶやきながら、あっという間にコーディネートを作り上げた。

上半身は、シンプルな黒のハイネックTシャツ。それに、ひざ丈のフレアスカートを合わせて、腰に、シャツを巻く。アクセサリーは、銀のネックレスをつけるのみと、全体的にシンプルだ。

髪は、ポニーテールにして、シュシュで飾った。

指定された通りに着替えて彼の前に現れると、大喜びで迎えてくれる。

「いいね！　俺の好みそのまんま！　可愛い！　すっごく可愛い！　脱がしたい！」

——最後の一言、余計だよね!?

お世辞《せじ》を連発する隼さんの頭をはたいて、外に出かけた。

隼さんは私がすぐに赤くなるから、からかっているだけのような気もする。

『可愛いから、手をつなぎたい』と言う隼さんの主張で、『無理だよ！　なんで!?』と叫びながらも、押し切られる形でつなぐことになった。それも、恋人つなぎで。

恥《は》ずかしさはあったけど、私の手を握《にぎ》る彼の手はとても力強くて、ここにいて、いいんだよ、と言ってくれているようで勇気が持てた。

「手をつないでないと、夕夏に見惚《みと》れた男が言い寄ってくるかもしれないだろ？」

「私に見惚《みと》れる人なんている訳がないから！」

私はそう言って、ニコニコ笑う隼さんをちらりと見て、ため息を吐いた。

「人ごみに行くし、自分が隣にいながら、夕夏が他の奴に声をかけられたら気分悪い」

隼さんの提案により、今日は一日、街歩きしようということになっていた。

買い物をして、おいしいものを食べる。

他に行きたい場所や、やりたいことがあったわけではなかったので、その提案に乗ったけれど、実は私は、街歩きがあまり好きではなかった。

人目が気になるのだ。服や雑貨を見ている時、誰かに似合わないと思われていやしないか、すごく気になる。喫茶店《きっさてん》一つ入るのにも、周囲から浮いていないか気になって、一人で外食ができない。

友達と外出するのも苦手だけど、それでも一人よりは平気だった。友達のお買い物についていって、ささっと自分の買い物も済ませていたような状態だ。

だけど、今日回っているのは、私が気になるお店ばかり。隼さんは私の視線の先を捉《とら》えて、私が入ってみたいな、と思ったお店を察して誘導してくれる。

今、来ているのはアクセサリーショップ。

本当は綺麗《きれい》なアクセサリーなんかを見るのが好きだけど、店員さんの視線はもちろん、他のお客さんの視線さえ気になって、ゆっくりと見たことがなかった。

それが……

「はあ、可愛い」

「気障《きざ》なセリフ、減らす気、ないよね」

私にバレッタを合わせながら、恥《は》ずかしいセリフを連発するので、もはや人の目を気にしている場合じゃなくなっていた。

周囲の視線はこちらに集まっていたけど、みんな彼だけを捉《とら》えているのがわかる。

「ん？　これでも減らすよう努力してるよ。時々、俺の顔に見惚《みと》れてる時とかは、言うと余計恥《は》ずかしがりそうだから我慢してるし」

――見惚《みと》れてるとか！　そうなんだけど。だって実際、格好いいし！

だけど、そんなことを伝えられるわけもなく、私はきっと赤くなっているだろう顔を隠すために、ぷいっと顔を逸《そ》らした。

隼さんは、どこにいても浮いてる反面、ある意味しっくり馴染《なじ》んでいるようにも感じる。

いずれにしても自信に溢《あふ》れているから、さらに格好よく見えた。

それに――

「格好いいって思った時は、遠慮《えんりょ》せず言ってくれていいよ？」

このように、恥《は》ずかしいことを、とことん言ってくる人なので、私も周りにどう思われているかなんて、気にならなくなってきた。

「これも似合う。似合いすぎて可愛いから抱きしめたい」

「ダメ」

無表情で、それだけ言う。

——慣れていっている自分が怖い。

一言だけ返事をしたところ、彼は私をじっと見つめて——

「あんまり可愛くて見せびらかしたいけど、誰にも見せず独り占めもしたい。ジレンマってやつだな」

そんなことを言う。

私はできるだけ顔を赤くしたくなくて、「なに言ってんの」と、無理矢理冷たい言葉をひねり出して彼にぶつけた。

小学生の照れ隠しってこんな状態なのかなと、ちょっと自己嫌悪《じこけんお》に陥《おちい》る。

午前中は街中《まちなか》をぶらぶらと歩いて、お昼になったら食事をして、午後は映画を見た。

その後は少し長い距離を散歩も。

隼さんといると終始楽しくて、周りを気にすることなんか忘れていたくらいだ。

最後に夕食まで一緒にとって、隼さんは私を家まで送ってくれた。

「すごく楽しかった。次はいつ会える？」

まるで、ドラマのセリフみたい。

アパートの前の街灯を背にして立つ隼さんは、本当にドラマのヒーローみたいで格好いい。

その人が自分に向かってそんな甘い言葉を紡《つむ》いでいるかと思うと不思議で、思わずクスクスと笑った。

「いいね。その笑顔が一番好きだ」

今日一日、甘い言葉も、視線も、溺《おぼ》れてしまいそうなほど浴びせられた。

そんな状況にも、気恥《きは》ずかしいながらに笑顔を返せる程度には慣れてしまった。

「おやすみなさいのキスをしてもいい？」

「ダメ」

私は今日、この言葉を何度つぶやいただろうか。彼がなにか言うと、条件反射のように出てきてしまう。拒絶の言葉がどれほど人を傷つけるか、わかっているはずなのに、隼さんに甘えてつい口にしてしまっていた。

しかし彼は、さして気にした様子はなく、口をへの字に曲げている。

「じゃあ、ハグ」

彼はため息混じりに言い、私が返事をする前に腕を回してきた。

「こういうの、許可を得ないでできる立場になりたい」

――私、今もまだ許可はしてないと思うんだけど……

温かい腕の中が心地よくて、そんなことを言う気は失《う》せていく。

背中に腕を回す勇気はないけれど、抵抗せずに彼に身を任せた。

6

初デートからもうすぐ二週間が経とうとしている。

あれから、隼さんに誘われて時々、一緒に食事に行ったりするようになった。彼と一緒にいることはとても幸せで、フワフワした気持ちになる。

この頃には、彼が私のことをからかっているわけではないと思うようになっていた。

なぜ彼のような人が、自分に好意を向けるのかは、よくわからないけれど。

もし、もしもう一度、付き合おうと言われたら……私は、どうするだろう。最近では、そんなことを考えるようにもなっていた。告白する勇気はないけれど、彼と一緒にいられたら……と考えてしまう。

そんな風に思い始めた、とある平日の帰宅後。

久しぶりに、小学校からの友達の朱里から電話があった。

彼女とは、小中高とずっと一緒だった。中学生の時には、柔道部のマネージャーを一緒にした仲でもある。とても仲良くしていたけど――高校を卒業してからは、まったく会っていない。朱里との楽しい思い出も、自意識過剰すぎた過去の自分の苦い体験とともに封印してしまったのだ。

『久しぶり～！　北中《ほくちゅう》の柔道部が、今年、全国大会行くんだって。知ってる？』

何年も会っていなかったのに、変わらず親しげに話してくれてほっとする。

彼女との連絡を絶《た》ったのは自分なのに勝手だが、そんなことを思ってしまう。

「え!?　知らない。そうなの？　すごい！」

『でしょでしょ!?　それでね、このお祝いムードに乗《じょう》じて、OB、OGで集まろうって話になってるの！　夕夏もどう？』

楽しそうな朱里の言葉に、返事を躊躇《ちゅうちょ》してしまう。

OB？

『え、嫌？』

私の躊躇《ためら》いを感じとったのか、心配そうな声が返ってくる。

「あ、うん……。私は、遠慮《えんりょ》しようかな」

『日程も聞かずに？　……やっぱり、私のこと避けてる？　高校を卒業するまでは、一番の親友で仲良かった気でいたんだけど、その後、全然連絡もくれないし……』

苦しそうな声に、ハッとする。朱里のことが嫌いなハズない。ただ、私が恥《は》ずかしかっただけ。でも、それが理由で彼女を傷つけていたなんて。

私は慌てて弁明する。

「私だって、親友だと思ってるよ！　ただ、あの……学生時代には、あまりいい思い出がなくて」

『あんなに部活頑張ったのに？　……ああ、有永《ありなが》先輩に、会いたくない？』

直球で聞かれて、つい、黙り込んでしまう。

朱里は、私の失態を全部見てきた人物だ。仲が良かっただけにそれが辛くなって、大学が別々になったことを理由に会わなくなった。

「……うん。やっぱり、恥《は》ずかしいよ」

『恥《は》ずかしい？　気まずいってこと？　でも、先輩、誰にも言ってないと思うよ』

「そうだけど……勘違い女がって思われてるだろうし」

『勘違い……？』

訝《いぶか》しげな声に、私も首を傾《かし》げてしまう。

「ほら、身の程知らずにも、先輩に告白したじゃない？　先輩も私のことを好いてくれてるのかな、ってちょっと思ってて。とんだ自意識過剰女だよね……」

こんなみっともないことを説明できるのは、朱里しかいない。彼女はどんな私でも受け入れて、仲良くしてくれていたから。

『そんな風に思ってたの!?』

朱里の信じられないという声に、驚いて一瞬、息が詰まった。

『先輩、夕夏のこと好きだったよ。でも、先輩がどれだけ好意を示しても、夕夏が無反応だったから、諦《あきら》めたんだと思う。そりゃ、勝手に諦《あきら》める前に告白ぐらいしろって思うけど、脈がなさすぎて怖気《おじけ》づいたのかなって』

先輩が、私を好き……？　諦《あきら》めるって……？

『先輩が引退した後、夕夏が告白したって聞いてびっくりしたんだから。夕夏って、先輩のこと好きだったの？　って』

「すっ、好きだったよ!?　でも、先輩が部活を引退するまで告白するのは我慢しようと思ってて……！」

『ええ～～？　部活引退してからじゃなきゃダメなんて、誰が決めたのよ？　まさか、不器用だから、部活と恋の両立は難しいって思ってたとか？　思うにしても、せめて誰かに相談したらよかったのに。少なくとも私には、夕夏は先輩のことが好きじゃないように見えてたよ』

「うそぉ？」

『ホント。夕夏があまりにもつれない態度だったから、先輩、引退前に告白してきた別の子と付き合い始めたんだよ？』

絶句。

驚きすぎて、声すら出ない。

『そしたら、その直後にあんたが告白してさ。先輩だってびっくりだ』

――私もびっくりです。

朱里の言葉には、私への同情も少しはあったけど、驚きと、なにも相談してこなかった私への苛立《いらだ》ちが含まれているように感じた。

だから、私は、ずっと苦しかったことを口に出そうと決める。

「わっ、私さ、小学生の頃、好きだった男の子にブスって言われたことがあるじゃない？」

声が震《ふる》えているのがわかる。

朱里も、それに気づいてるはずなのに、茶化したりはしなかった。

『はあ？　ブス？　小学校の時？　……ああ、浩介《こうすけ》のやつか！　あいつ、あれからすっごく落ち込んでたじゃない。でも、照れ隠しでも仲良しの子を傷つけたんだから当然よね。うちら女子が批難の集中砲火を浴びせて、夕夏に二度と話しかけるなって釘《くぎ》さしといたんだけど……』

――落ち込んでた？　怒っていたのではなく？　それに、あれから話しかけてくれなかったのは、女子に言われたから？　勘違い女と話したくなかったわけじゃない？

私の息遣いが荒くなったのを電話越しに察知してしまったのだろう。朱里が申し訳なさそうな声を出した。

『え……まさか、逆効果だったの？　あれ、ごめん』

大丈夫だと、声を振り絞って言う。

「あの、もう一つ……高校生の頃さ……私、男子に嫌われてて」

体育祭の時に盗み聞きしてしまった悪口の数々。私が聞いたのは一度だけど、きっと他の時にも言われていたんじゃないかと思う。

『高校で、男子から？　嫌われてたわけないでしょ。どっちかといえば人気あったわよ』

「……は？　人気？」

『え、だって夕夏、癒《い》やし系美人だもん。笑顔を向けてくれるなら、なんでもするって言ってた男子、多かったよ』

「そんなわけないでしょ」

朱里の言葉を、私は軽くいなす。私には、そう思うに至った根拠《こんきょ》がある。

『ねえ、なんで嫌われてたなんて思うの？　……まさか、なにか言われたとか？』

——今まで誰にも話したことがなかったけど、体育祭の時に聞いてしまった会話を朱里に伝えた。

『……なるほどね。でも、マジな話、夕夏を好きな男子はたくさんいたよ。でも夕夏、男子が苦手だったでしょ？　それでも、どうにか夕夏の意識を自分に向けようとしてた男子も中にはいて、そいつらが暴走したんじゃないかと思う。悪口でも言って、とりあえずこっち見てもらいたい的な』

そんな発想、まったくなかった。っていうか、早く誰かに相談していたら、こんなに悩む必要ってなかったのかも……

「私、その小中高での経験がトラウマになって……」

『はあ？　トラウマ？　もしかして、それで私のことも避けてたの？』

この話を打ち明けて、こんな呆《あき》れた声を出されるとは、まったく思っていなかった。

朱里からしてみれば、それだけ自分が信用されてなかったように感じるだろうし、当然といえば当然なのだけど。

『とにかく、同窓会には一緒に行こうね！　場所と時間は、このあとすぐメールで送っとくから』

そう言って、電話は一方的に切れた。

私はしばらく、スマホを握《にぎ》ったまま呆然《ぼうぜん》としていた。

――開いた口が塞《ふさ》がらない。

モテてたって、誰のことデスカ？

私の今までの心の傷って…………
ここでも、自意識過剰な私が、独りよがりな妄想《もうそう》を発揮《はっき》していたようだ。
なんだか、頭がくらくらした。
――考えるべきことが多すぎて、頭が追いつかない。
朱里から受け取ったメールを確認しつつも、さらにしばらくぼんやりし続けていると
またスマホが震《ふる》えた。
時計を見ると、八時になっている。私はいったい、何時間ボーっとしていたのか。
スマホの画面を確認すると隼さんからの電話だった。今日は仕事が早く終わったんだ
なと思って、少し嬉しい。
「はい。お疲れ様？」
電話に出ると、隼さんが今度の週末は休めることが確実になったと弾んだ声を上げた。
『夕夏、今度の土曜日、会いたい』
デートがしたいという彼に、私は微笑《ほほえ》んだ。「はい」と答えそうになって、さっき入っ
たばかりの予定を思い出す。
「あ……ごめん、今週の土曜日は中学の時の部活のOB、OGで集まる予定なの」
先約を断りたいと思った気持ちを押し込めて返事をした。
雑誌などで、彼からの誘いがあるかもしれないから、休日の予定を全部空《あ》けておく女

の子がいるって見たことがあるけれど、今の私はそれに近い気持ちなのだろうか。

『──それって、飲み会？』

隼さんの声が若干低くなる。

「そう。私、中学生の頃、柔道部のマネージャーしてたんだよ。そこがね、今度、全国大会に進出することになって。お祝いと称して卒業生たちで集まろうって話になったの」

『男も来る？』

妙なことを聞いてくるなと、首を傾《かし》げながら答えた。

「男も……っていうか、男性のほうが多いよ。私は、男子柔道部のマネージャーだったから」

有永先輩の顔を思い出してしまい、心臓をぎゅっと握《にぎ》られたように苦しくなる。

──朱里からさっきもらったメールには、『有永先輩は今回の会の発案者の一人だから、きっと来るだろう』と書かれていた。それに、『会って、真実を確かめてみるのもトラウマ解消の一つの手かもよ？』とも。

会うのは怖いけど、私は行って本当のことを確認してみようと思い始めていた。

知ってどうするかなんてわからないけれど、真実を聞いてすっきりしたら……私は、この呪縛《じゅばく》から逃れられるかもしれない。

『夕夏？　どうした？　……あまり、行きたくないの？』

隼さんに言い当てられて、私は息を呑む。

驚いている雰囲気も伝わってしまったようで、隼さんの笑い声がした。

『わかるよ。夕夏、わかりやすいし』

ここまでバレてしまっては、彼に隠し事をするのは無理だと諦《あきら》めた。

「中学の時、好きな人がいてね。私が唯一《ゆいいつ》、告白して、結構なフラれ方をした人なんだけど……多分、その人も来ると思うの」

はあ……と大きくため息を吐いた。

電話の向こうは沈黙している。きっと、私の話にまだ続きがあることも察して、切り出すのを待ってくれているのだろう。

「フラれたんだけど、ずっと引きずっちゃってて。区切りをつけてこなきゃと思ってるの」

先輩のことが、私の大きな転機となっているのは間違いない。先輩にフラれた時から、自意識過剰であることを強烈に自覚して、今まで生きてきたのだ。

『送っていく』

私の話をしばらく黙って聞いていた隼さんが、突然そんなことを言う。

「は？」

なんのことかわからなくて気の抜けた返事をしたら、もう一度『その会場まで俺が送っていく』と隼さんは言った。

「え？　いや、電車で一時間くらいかかる場所だし、悪いよ。それに、早めに行って、一緒にマネージャーしてた子と合流する予定だから」

遠くまでわざわざ送らせるなんて申し訳なさすぎる。

『なら、迎えにいく』

重ねて言ってくれた彼の言葉も、私は丁重《ていちょう》にお断りする。

「夜遅くなっちゃうから遠慮《えんりょ》する。本当に大丈夫。ありがとう」

彼の気遣いを嬉しく思いながらも、そう言ったら——

『——そう。会場はどこなの？』

断ったことで気を悪くした様子もなく、隼さんは聞いてくる。私は、朱里に聞いたままの店名を答えた。よく考えたら、私の地元のさほど有名でもないお店の名前なんて、言ってもわかるはずないだろうに。ちょっと恥《は》ずかしくなって、必死で付け足す。

「立食形式のイタリアンなんだって。そんなパーティーみたいな場所、初めて行くよ」

会場の半分を貸し切りにして行《おこな》う、割と大規模なものらしい。飲み会なんて、会社の行事で数回参加した程度だから、物珍しい。

『ああ、じゃあ、立ちっぱなしでもきつくない靴《くつ》にしたほうがいい。それで、何時からなの？　時間は、二時間くらい？』

——なるほどと思う。隼さんはいろんなことをよく知っているなあ。

自分で気がつけないことに照れ笑いしながら答えた。

「七時から二時間だって言ってた」

だから、家に帰り着くのは十時過ぎになるだろう。普段あまり夜に出かけないので、ちょっと帰りが怖いなと思ったけれど、そんなことを口にすれば隼さんを心配させてしまう。

『そう。――わかった。声を聞いてたら今から会いたくなったな。会って抱きしめてキスしたい』

隼さんがしみじみと言うものだから、私は顔を熱くしながら叫んだ。

「なに言ってるの⁉　バカなの⁉　今日は無理！　もうっ！」

そんな会話で、その日の電話は終わったのだった。

◇　◆　◇

土曜日、店の最寄駅《もよりえき》で朱里と待ち合わせをして会場に向かった。

高校を卒業してから、まったく会ってなかったため、朱里とは六年ぶりの再会だ。

朱里が記憶の中の彼女より、ずっと大人っぽくなっていて驚いた。

「大人っぽいって。もう大人だからね」

おかしなことを言ってしまい、大きく口を開けて笑われた。

——そうか、中学を卒業して、もう九年も経つのか。みんな、大人なんだ。

そんな当たり前のことに、今さら気がつく。

朱里は主催者《しゅさいしゃ》のお手伝い役になっているらしく、会場に着くと受付係のほうへ行ってしまった。

私は受付を済ませたあと一人で会場に入り、室内をぐるりと見回す。するとそこには、知っている顔も知らない顔もいた。誰も彼も、みんな大人になっていた。

時の流れを感じて感慨《かんがい》に耽《ふけ》っていると、一人の男性が驚いた顔をしてこちらに近づいてきた。

「夕夏？」

声をかけられて、すぐに気がつく。——有永先輩だ。

がっちりした体格はそのまま、ひげの跡が濃くなって、少ししわもある。

思わず、ぽかんと口を開けたまま、呆然《ぼうぜん》としてしまっていた。

「久しぶり」

近づいてくる有永先輩に、私は慌てて返事をした。

「あっ、はい、田中です。お久しぶりです」

「相変わらず、綺麗《きれい》だなあ」

またもや、ぽかんと口を開けて固まってしまう。

有永先輩は、そんな私の顔を覗《のぞ》き込んでくる。

「本当、中学生の時よりずっと綺麗《きれい》になった。告白された時、付き合ってた子を振って、お前に乗り換えとけばよかった。惜《お》しいことしたな」

品定めするみたいに、頭のてっぺんから爪先までをじろじろと見てくる。

さらに、下卑《げび》た笑みを浮かべて、とんでもないことを言ってきた。

「――ねえ、あの時の告白はまだ有効？」

私が断られたほうなのに。しかも九年も前の話。有効であるはずがない。

「はっ？」

驚いて声を上げると、有永先輩はそっと私の肩を抱く。

――ぞわっと背筋を寒気が駆《か》け上がった。

「あっちで一緒に呑もうよ」

先輩に促《うなが》されるままにカウンターへ近づいて、飲み物を注文する。

「不思議な感じだな。こうやって夕夏と並んで酒を呑むなんて」

私はいまだに先輩に肩を抱かれたままの状態。ちらりと見上げると、すぐ近くに彼の顔があり、戸惑いを隠せない。

私は注文したカクテルに口をつけながら、取り繕《つくろ》うように少し微笑《ほほえ》んだ。

妙に距離が近いのが嫌で、さりげなく一歩離れた。

私のその様子に、先輩は顎《あご》を上げてニヤリと笑う。

そうして「恥《は》ずかしがらなくていいのに」と言った。

――恥《は》ずかしがっているわけではなくて、嫌だったのだけれど。

「なあ？　これから二人で店を抜けない？」

先輩が、息がかかるほどの距離に顔を近づけてくる。

折角《せっかく》離れたのにまた接近されて、どうしていいかわからない。あからさまに避けたりしたら、やっぱり失礼だろうか。

「いえ、来たばかりですし」

愛想笑いで断ると、彼は「だったらあと三十分後くらいにする？」と聞いてくる。

――いやいや、そういう問題じゃない。第一、店を出て、どこに行くというのか。

今まで男性に誘われた経験がないので、わからないことだらけだ。はっきりと「嫌です」と言ってもいいのだろうか。でも、先輩だし、やっぱり角が立たないよう遠回しに断ったほうがいいのだろうか。

そう思い、ひとまず横に首を振って断ってみるが、先輩はまたニヤリと笑った。

「周りの目が気になるってこと？　大丈夫。気づかれないようにするから」

そう言いながら、先輩はまた私の肩を抱く。

「中学の頃から、俺もお前のこと可愛いと思ってたよ。だから……いいだろ？」

あんなに憧《あこが》れて、大好きだった人。

そんな人から、私は今、誘われている。

――だけど、なんでこんなに気持ち悪いんだろう。

「やめてくださいっ。二人で店を抜け出すとか、そういうのは無理です」

手を胸の前で握《にぎ》りしめ、大きく体を反《そ》らして触れられないようにした。

先輩の驚いた顔に、思いがけず強く拒否をしてしまったことを悟《さと》り、一瞬怯《ひる》む。

――どうやって断るのが正解なの⁉　よくわからない！

謝ろうかどうしようか迷っていると、先輩がふふっと笑い声を上げる。

「相変わらず恥《は》ずかしがり屋だな。見つからないようにしてやるって言ってるだろ」

――ダメだ。全然伝わっていない。

私が本気で誘いを断っていることさえ伝わってないと知り、愕然《がくぜん》とする。

これ以上どうやって拒否をすればいいのだろう。

その気がないことをとにかくわかってほしくて「違います。無理です」と繰り返した。

しかし彼には一向に伝わる様子もなく、格好つけて髪をかき上げたり、流し目をくれたりする。

どうやら先輩は、今でも私が先輩のことが好きで、誘われるのを待っていると思い込んでいるようだ。

自分は、いつまでも格好いい憧《あこが》れの先輩だと信じて疑っていないような振る舞いを繰り返している。その勘違いぶりに、嫌悪感すら抱く。

――途方《とほう》に暮れながら、隼さんの顔を思い浮かべてしまう。

今日、先輩と会って話してみて、隼さんが私に向けてくれる想いがどれほどのものか、改めて気づいた。

隼さんもたいがい気障《きざ》で、自信家だけど――先輩とは決定的に違うものがある。

隼さんは、どんなに小さな声でも私の言葉を聞き漏らさない。私の意思を尊重《そんちょう》してくれるし、限りなく優しかった。

「夕夏は中学の時から焦《じ》らしてばかりだな？　昔は俺もガキで我慢できなかったけど、今ならその面倒くさい恥《は》じらいにも、付き合ってやるよ」

わざとらしいため息を吐きながら、私に手を伸ばしてくる。

――中学の頃の純粋な想いごと汚された気がして腹立たしい。ギュッと拳《こぶし》を握《にぎ》りしめ、精一杯の勇気を振り絞って言った。

「私は先輩と二人きりでどこかに行く気はありません。この会が終わってからもです」

彼が伸ばしてくる手に触れないように、うしろに下がりながら言った。

「はあ？　誘ってやってるのに、なにお高くとまってんの？」

急に責めるような口調になった先輩と目を合わせて、ぐっと口を引き結んで泣くのをこらえた。

すると先輩は困ったように笑い、わかっているよと言うように頷《うなず》きながら私に手を伸ばしてくる。

「ほら、泣くくらいなら素直になればいいのに。そんな強がり、言わなくてもいいぞ。その様子じゃ、いまだに俺が忘れられなくて処女なんだろ？」

——処女なのは事実だけど、そうじゃない！

大きく息を吸い込んで、手を避《よ》けながらきっぱりと言う。

「私は、断っているんです。それに、私にはもう他に、すっ……好きな人がいます。先輩とは全然違って、私の言葉をよく聞いてくれる、とっても素敵な人です！」

怖くて声が掠《かす》れてしまったけれど、そんな言葉が口をついて出ていた。今まで自分の心の奥に封じ込めていた想いが溢《あふ》れ出てしまい、ハッとする。

——私……隼さんが好きだ。もうずっと前から、好きになっちゃってたんだ。

ぜいぜいと肩で息をしていると、視界の端《はし》にこちらに向かってきてくれている朱里が映った。

「先輩、夕夏が嫌がってるじゃないですか」

はっきりと言う朱里に、先輩は目を剥《む》き言い返す。

「緊張してるだけだろ」

「目が腐《くさ》ってんですか。明らかに逃げているでしょ」

朱里と先輩が睨《にら》み合う。朱里は昔から負けん気が強く、とても頼もしい。

とはいえ、私もいつまでも子供じゃないんだから、自分もなにか言わなければと必死で考える。しかし、言葉が出てこない。

「逃げてなんかいねぇ、恥《は》ずかしがってるだけだよ。夕夏は俺のこと好きなんだもんな？」

――いったい、いつの話だ！　それに今さっき、きっぱりと『他に好きな人がいる』とも言ったのに。まったく聞いていなかったらしい。

「いいえ、もう好きじゃありません」

震《ふる》える声で先輩の言葉を否定した。

だけど、先輩は私の言葉には肩をすくめて、仕方がない子だな、と幼い子を宥《なだ》めるような視線を向けてくる。

そんな先輩に呆《あき》れた視線を投げかけた朱里は、ふんと鼻で笑ってさらに言う。

「先輩って、どうせ今までの人生でガタイがいいことで多少モテて、調子に乗ってんでしょ。でも、先輩のモテなんてたかが知れてるって話よ。モテるって言うのは、ああいうのを言うのよ」

朱里が含み笑いをしながら指さした方向は、貸し切りにしているエリアとの境目辺り。

女性の人だかりができている場所だった。

よく見ると、彼女たちの輪の中心には一人の男性がいるようで、女性たちは皆、彼に話しかけている。

「すごい……」

——もしかして、芸能人でもいるのかな？

あまりの様子に私がつぶやくと、朱里も頷《うなず》いた。

「でしょ？　すっごいイケメンがいるのよ。女性たちはみんな酔ってるから、それを弾みに猛アタックしてるみたいね」

朱里はくすくす笑いながら、「あの人もお気の毒よね」と言う。

「ねえ、こんな筋肉バカ放っておいて、イケメン観察に行かない？」

朱里がそんなことを言うから、私も少し興味が湧《わ》いてきて、先輩を置いて集団に近づいていく。

——どんなイケメンさんがいるのかな？　でも多分、隼さんのほうが格好いいだろうな。

そう思いながら、男性の顔を見て——

「——隼さん!?」

私は驚きの声を上げることになった。

そこにいたのは、なんと本人だったのである。私たちの間には少し距離があるので、彼はまだ私に気づいていないようだ。

「夕夏の知り合いなの？」

朱里が私に話しかけてくるけれど、驚きすぎて、パニックで、答える余裕さえなかった。

——どうして？

彼はむっつりした表情で、淡々となにかを飲んでいた。

だけど、周りの子たちは、隼さんの様子を気にせずに楽しそうに話しかけ続けている。

彼はたまに一言二言答え、時折少しだけ微笑《ほほえ》みも見せていた。その彼の表情を見て、私はギュッと胸が苦しくなる。

——これだけたくさんの女の子がいたら、一人くらい好みのタイプがいるかもしれない。しかもその子が、これだけ熱心に好意を向けていたら、隼さんも悪い気はしないはず……

私はいつも、恥《は》ずかしがって、好意を向けてもらっても応《こた》えられなくて。

初めてのデートでは、あれもダメ、これもダメと、拒否するような言葉ばかりを投げつけてしまった。

——『夕夏が無反応だったから、諦《あきら》めたんだと思う』——

数日前に電話で聞いた、朱里の言葉が蘇《よみがえ》る。

――隼さんも、私に好きと言うのをやめる日がくる？

どうしよう。

自分勝手な想いが次から次へと湧《わ》き上がって止まらない。

――『夕夏って、先輩のこと好きだったの？』――

隼さんにも、そんな風に思わせる態度を取ってしまっていた気がする。

――『夕夏があまりにもつれない態度だったから、先輩、引退前に告白してきた別の子と付き合い始めたんだよ？』――

そんなの、嫌だ！

考えただけで涙がにじんで、胸が苦しい。

隼さんの心の中を想像し、いてもたってもいられなくなる。

はっきりと想いを自覚したのはついさっきだけど、私はずっと隼さんに惹《ひ》かれていた。

自分の殻に閉じこもっていたせいなんかで、絶対にこの恋を手放したくない――！

そう思い、普段の私では絶対しない大胆《だいたん》行動に出た。

一人でどんどん女性たちの輪の中に無理矢理分け入って、隼さんの腕に抱きついたのだ。反応が怖くて、彼や周りの人たちを見る余裕はない。彼の腕を、じっと見つめていた。

隼さんの腕が、びくっと揺れる。

「夕夏？」

隼さんの驚いた声が聞こえ、思わず顔を上げる。

それを弾みに、周りにいる女性たちに牽制《けんせい》する視線を向けたかったのだけど——怖くて無理だった。

〝なに、この女？〟

一瞬見ただけだけど、女性たちは一様《いちよう》に、そんな蔑《さげす》んだ表情を浮かべていた。

いきなり現れた見知らぬ女が、自分のお目当ての男性に抱きついたのだから無理もない。でも、絶対に引けなかった。

人にどう思われるかが気になりすぎる私にとって、こういう状況は一番苦手だ。

——だけど、だけど！

この腕を離すわけにはいかない。

周りの女性になんと思われようと、隼さんの腕は離せない。他の誰になんと思われようと、隼さんは渡さない！

声は絶対震《ふる》えるから出せないけど、隼さんの腕にしがみついたまま、じっと唇を噛みしめていた。

◇　◆　◇

土曜日の夜八時。夕夏から聞いた会場の駐車場に車を停め、俺は深いため息を吐いた。

——こんなところまで来て、なにをやっているんだ。

先日、夕夏から部活の同窓会があるからと今日のデートの誘いを断られた。しかも、その会には昔好きだった男が来るとも言っていたのだ。

『ずっと引きずっちゃってて。区切りをつけてこなきゃと思ってるの』

夕夏の声が蘇《よみがえ》る。苦しそうな、切ない声で話す夕夏に、俺はなんの言葉もかけられなかった。

——引きずっている？　それはつまり、今も好きと言うことか？

それに区切りって、どんな区切りだ。まさか、もう一度告白しようとか……考えてるわけじゃないだろうな。

内心慌てて、送迎を申し出たが、そのどちらも断られてしまった。

一度は夕夏の申し出を聞いて、この話を終わりにしたが……引き下がるわけがない。

素直な夕夏は疑うこともなく時間と場所を正確に教えてくれた。

過去の男が、今さら俺の夕夏に手を出すなんて許さない。そうなりそうになった時点で、ぶっ潰《つぶ》す。

どんなに格好悪くても構わない。格好つけている間に逃げられて納得できるほど、夕夏への想いは軽くない。

——そう思って店に乗り込んでみた。すぐに夕夏は見つけられたものの、見ず知らずの人が集《つど》う貸し切りスペースに入っていくのは躊躇《ためら》われた。それで彼女の顔が見える位置にあるカウンター席に座っていたら、酔っ払いの女どもに絡まれてしまった。

どうして女は集団になると、これほど図々《ずうずう》しくてやかましくなるのか。さらに酒が入ると気が大きくなって大胆《だいたん》行動に出るので、もう手が付けられない。

集団の中には、夕夏と同じ同窓会の参加者もいるようで、時折、その学校の話を振ってきた。聞くともなしに話を聞いていると、夕夏の中学時代を思い浮かべてしまい、笑みが漏れる。そんな俺の表情を見た女たちが期待に満ちた黄色い声を上げ、すぐに後悔することになるのだが。

彼女たちの声がうるさくて、夕夏がなにをしゃべっているか聞こえない。それどころか周りに人が多すぎて、夕夏の姿さえ見えない。

うんざりしつつも、その場に居続けたところ、突然腕に重みがかかったのだ。

酔っ払いが抱きついてきたのかと思って見ると、夕夏だった。

俺にしがみついてきた夕夏は、ひどく辛そうな顔をして、唇を噛みしめていた。

「夕夏、なにかあったの？　しがみついて震《ふる》えてても、わからないだろ」

夕夏の様子は、明らかに変だ。

しばらくすると、涙がにじんだ目で俺を見上げた。

「隼さんは……私じゃない、別の人と付き合うの？」

いきなりなんの話だ。

「そんなわけないだろ。夕夏以外と付き合ったりしない」

口説いている最中の女性と、どういう会話をしているんだ俺は。

俺の言葉にホッとしたように息を吐く彼女に、期待が膨《ふく》らむ。

「――夕夏は、俺と付き合ってくれるの？」

こんな人だかりの中で聞いても、当然返事はないと思っていた。否定の言葉がなければ御《おん》の字と思っていたのだ。

それなのに、夕夏の反応は、思ったものとは違った。

びくんと体を揺らしてから、眉尻を下げて困ったような顔をしながらも頷《うなず》く。

「本当？　夕夏……」

確認しようと声を上げた時、夕夏の背後からガタイのいい男が夕夏の肩を掴《つか》んだ。

「夕夏っ。どうしたんだいきなり――泣いてるじゃないか！」

夕夏の目に溜まった涙を見て、そいつが俺を睨《にら》んでくる。

「な、なんでもなっ……」

夕夏はその男に向かって、弁解しようと声を上げた。しかし男は高圧的な態度で、夕夏の言葉を聞かずに畳《たた》み掛ける。

「なんでもないことはないだろう？　――この男に、なにかされたのか？　っていうか、見かけない顔だけど、こいつ誰？」

夕夏が一生懸命首を横に振るのに、その男は俺を睨《にら》むのをやめない。それに、夕夏の肩を掴《つか》む手にどんどん力を込めているようで、男の指が食い込んでいく。これほどの馬鹿力で掴まれたら、痛いに決まっている。

「離してもらえるか？　彼女は俺の恋人だ」

夕夏の肩に乗った男の手を振りほどいて、彼女を抱き寄せた。

――本当は、まだ口説いている途中だけど。夕夏はさっき『付き合ってくれるの？』と聞いたら一度は頷《うなず》いた。だったら、この厄介《やっかい》そうな男の前では恋人と言い張ってもいいだろう。

まったく関係ないのに、周りを囲んでいた女性たちから「え、彼女!?」とか「うそぉっ！」とか、口々にそんな声が上がった。その声に夕夏が委縮《いしゅく》してしまったのがわかって、可哀想《かわいそう》になる。

「夕夏、好きだよ」

夕夏の体の強張《こわば》りを解こうと笑いかける。いつもだったら、真っ赤になって微笑《ほほえ》んでくれるのに、今は、涙に濡《ぬ》れた瞳で俺の顔を見つめるだけだ。

「夕夏は、俺のことがまだ好きなんじゃないのかよっ……!?」

視界が揺れるほどの衝撃を受けた。

——『まだ好き』ってことは、夕夏が告白した男はこいつ？

声が掠《かす》れないように、一度唾《つば》を呑み込んだ。

「そんなわけないでしょう。俺の彼女ですからね」

そう言って、夕夏が逃げないように強く抱き寄せた。

「夕夏、さっきまで俺といい感じだったじゃないかよ。俺もお前が好きだと言ってやったのに……男二人を手玉に取ろうなんて、たいしたタマだな……」

嘲《あざけ》るような笑みを、夕夏に向ける。こんな風に言って、彼女が傷つくとは考えないのだろうか。こんな奴に、俺の想いが負けるはずない。

これ以上、ひどい言葉を連ねるのを彼女に聞かせたくなくて、口を開きかけた時——

「何度も嫌だって言っていました！　無理です！」

夕夏が振り絞るような声で言った。

——よく頑張ったな、夕夏。あとは俺に任せておいて。

俺にしがみついて『先輩』を拒絶する夕夏の肩をさらに抱き寄せる。それから男に向かい、顎《あご》を上げて傲慢《ごうまん》に笑って見せた。

「俺の彼女だって言ってるだろ？　それに、どう考えても俺のほうがいい男なのに、そっちを選ぶはずない」

彼はぎりっと歯を噛みしめると、踵《きびす》を返して同窓会の会場に戻っていった。その彼と一緒に、周りにいた女性たちも離れていく。

夕夏は彼らがいなくなると同時に、俺の首に腕を回して抱きついて泣き始める。

夕夏を慰《なぐさ》めながら、俺は固く決意した。

——もう絶対、夕夏を俺のものにする。

夕夏があんなろくでもない男に泣かされたかと思うと、胸糞《むなくそ》悪くてたまらない。そんな彼女の姿を、もう二度と見たくない。

早急に、無理矢理にでも自分のものにして、他の誰も俺たちの間に入ることがないようにしなければ。俺はそんな、黒い考えに囚《とら》われていた。

7

隼さんの首にしがみつき、どれだけ泣いていたのだろう。

——ああ、後で朱里に、途中で会を抜けたお詫《わ》びのメールを送っておかなきゃ。

ようやく少しだけ冷静になった頭で、そんなことを考える。

すると隼さんが「もう帰ろう?」と耳元でささやいた。

無言のまま頷《うなず》くと、彼は会計のために席を立った。そして戻ってきた彼に促《うなが》されるまま、店の外に出る。いまだに涙が止まらなくて、上手く声が出ない。

さっき、女性に囲まれている隼さんを見つけた私は、思わず駆《か》け出していた。そして、人だかりに分け入り、彼の腕にしがみついて――

その場に、先輩も追ってきたけど、隼さんは私を『俺の恋人だ』と言って助けてくれた。何度も『好きだよ』と言ってくれたのに、はぐらかしたり拒否するような言葉を投げつけたりしてばかりだった私を……自分に自信がないという理由で身勝手に傷つけた私を、彼は今日も救ってくれた。

――今さら遅いかもしれないけど、今日先輩に会って改めて、なにも言わなければ隼さんだって離れていくのだと気づいた。

今日、初めて気がついたの。

与えられる甘い言葉を、恥《は》ずかしがるだけだった。

隼さんは言葉をくれるばかりで求めないから、その優しさに甘えていた。

彼だって、相手からの言葉がほしいに決まっているのに。

自己嫌悪《じこけんお》と情けなさに、涙が止まらない。

――まだ遅くない？　まだ間に合う？

そう聞きたいのに、喉《のど》から出るのは嗚咽《おえつ》ばかり。

さっき隼さんが『付き合ってくれるの？』と聞いてきた時、嬉しさと罪悪感で胸が引き裂かれそうだった。

本当は、今度は私から言わなきゃいけない言葉だった。

――待って。お願い、もう少しだけ待って。想いを伝えたいのに、いまだに泣き声しか出ない。

涙を必死に拭《ぬぐ》いながら、今日はきちんと言葉で伝えなきゃ、と決意を固める。

今日はこのまま帰るわけにはいかない。少しでもいいから隼さんに時間を作ってもらって、ちゃんと話さなくちゃ。そう思い、彼のあとをついていく。

「俺、ここまで車できた。送ってくから乗って？」

駐車スペースに停めてある見知った車を指さして、隼さんは照れくさそうに言う。

私は彼の車の助手席に乗り込んだ。

彼がさっきまで飲んでいたのはただのウーロン茶で、アルコールはまったく口にしていなかったそうだ。

こんなに優しくしてもらっているのに、いまだに泣き止めずお礼さえ言えない自分が情けなくて、ハンカチでぎゅっと顔を押さえつけた。

「夕夏、こすったら痛くなるよ。……ちょっと待って」

私の頭をぽんっと叩いてから、隼さんは一度車を降り、店の隣のコンビニに入っていった。

――目を見て話さなきゃと思う。

握《にぎ》ったハンカチは涙でぐしゃぐしゃで、マスカラの黒とかファンデーションの肌色とかがついている。……自分の顔がどんな状態なのか、怖くなる。

これは……パンダ？　真っ赤な顔をしたパンダなの!?

いろいろ話したいことはあるけれど、せめて、笑われない顔になりたい！

そう思って、あたふたしていると、運転席に隼さんが戻ってきた。

「ほら、メイク落とし。お茶も買ってきたから、顔冷やして」

ぽとんと、手の中にシートタイプのメイク落としが降ってきた。

「あ、ありがとう」

しゃがれていたけれど、ようやく声が出せた。

「ん」

短く返事が聞こえて、車が動き出した。

ポーチからコンパクトを取り出して、シートで綺麗《きれい》に顔を拭《ふ》く。

鏡で顔を確認したら、パンダどころじゃなかった。

頬《ほお》の横にまで黒い汚れが広がっている。

――ううぅ、店内が薄暗くてよかった。……って、あれ？

はっと気づいて、隼さんの首元を見ると——やっぱりぃ！

「ファンデついちゃった。ごめん」

隼さんの白いTシャツに、汚れがついている。

車内は暗くてよくわからないけど、こんな不自然な場所の汚れなんて、確実に私がつけたものだろう。

どうにかできないかと、よく見ようとした……ら——

ハンドルを片方の手で操りながら、もう片方の手で私のおでこをぐいーっと押し返してきた。

「うやっ？」

「今、そういうことされるのはちょっと。落ち着くまで待って」

静かな声で言われたけれど、落ち着くまでってどういうこと？

隼さんを見ると、まっすぐ前を向いて運転をしているし、充分に落ち着いているように見える。

不思議に思って首を傾《かし》げた。

すると、ちらりとこっちを見た隼さんが、苦笑しながら言う。

「今すぐ襲ってもいいなら、俺に触ってもいいけど」

「運転しながら襲えるの？」

「その気になれば、車を停めるから」

――なるほど。

真面目な顔をして運転している隼さんは、急に襲ってくるようには見えないけど、今までの経験上、ここは大人しくしておくのが賢明《けんめい》だろう。

手を引っ込めて、運転する彼の横顔を眺《なが》める。

対向車のヘッドライトに照らされる隼さんの顔は綺麗《きれい》で、うしろを確認するためにバックミラーを見る視線が色っぽい。

ウインカーを出してハンドルを回す腕は逞《たくま》しく、思わず触りたくなる。

――落ち着くのって、いつなのかなあ。

彼を見ながら、ぼんやりと考えた。

気持ちを言葉にしなきゃと思うのに、いざとなると、なかなか言葉にできない。

なんて言ったらいいのか考えながら、彼の横顔を見つめていた。

すると、車が路肩に停止した。

周りを見渡したけど知らない場所で、まだまだ私のアパートからは遠いとわかる。

お店があるわけでもないし、なぜここに停めたのか、よくわからない。

「トイレ?」

こっちに身を乗り出してきた隼さんに聞くと、思い切り顔をしかめられた。

「違う」と、小さな声が聞こえて、そのまま覆《おお》いかぶさるように抱きしめられる。

「──夕夏がじっと見つめてくるから悪いんだ」

……………え。あれ、もしかして今、襲われてますか⁉

「は、隼さん？」

「大丈夫。カーセックスを処女に要求したりしない」

──カ、カーセックス⁉　恋愛上級者っぽい言葉を使われた！

彼のくぐもった声が、私の鎖骨《さこつ》の辺りから響いて、くすぐったい。

はあ、と大きなため息を吐いた隼さんの息に、体がぴくんと反応した。ゾクゾクする感覚が体を駆《か》け巡り、お腹の奥がきゅんと切なくなる。その疼《うず》きは、どんどん大きくなって……

──あ、やばい。

隼さんは、沈黙している。びくともしない。

でも、このままの体勢でいたら、私の体は恥《は》ずかしいことになってしまいそう。彼は全然そんな気じゃなさそうだから、知られるのは、かなりいたたまれない。

「あのっ！　離れてください！」

「キスしたい」

「や、あの、今はダメ」

「……今は……？　今じゃなきゃいいってこと？」

「んっ……！　ちょ、そこでしゃべらないで！　お願い、離れて！」

首元に息がかかると、むずむずが大きくなって堪《たま》らない。そのことを悟《さと》られないよう、少し身じろぎしただけだったのに……隼さんはニヤリと笑い、さらに顔を深く埋《うず》める。

「もうちょっと」

すりっと甘えるように首に頬擦《ほおず》りされて、体に痺《しび》れが走る。

「ぁっ……」

──やだ、なんでこんな声……！

自分でも聞いたことがないような艶《つや》っぽい声が出てしまった。

でも小さな声だったから、聞こえてないよね……？

すると、ふいっと隼さんが離れた。これ以上、醜態《しゅうたい》を見せなくて済んでホッとする。

「──帰る」

短くそう宣言した隼さんは、素早くハンドルを握《にぎ》った。ぐいんっと車が大きく揺れて、また動き始める。

私は、ほぉっと息を吐き、熱くなってしまった体と思考を冷ますために、窓の外をひたすら眺《なが》めていた。

ていない。

「どこに向かってるの？」

見慣れた景色が車の窓から見えるようになったけれど、この道順は、私の家に向かっ

「俺の家」

「え～……と、私の家に送ってくれるんじゃ……」

言い返すと、隼さんはチラリと私を見て、お願いだと言った。

「話がしたいんだ」

苦しそうな声に、私も話をしなきゃいけないと思う。

「どこか、喫茶店《きっさてん》とか」

夜中に男性の家に上がり込むなんてと別の場所を提案すると――

「外で話す内容じゃない」

と、サクッと断られてしまった。

――それもそうだ。私はこれから一世一代の告白をしようと思っているのだから、人目のない場所のほうがいい。喫茶店《きっさてん》なんて他人がいる場所で告白できるような心臓は持ち合わせていない。――でも……

苦悩から眉根を寄せて彼を見ていると、彼は私の視線に気づいてニヤリと笑う。

「そのまま泊まってもいいから」

「泊ま⁉」

なぜ、いきなりそんな話になったのかと目を剝《む》く。

目を白黒させているうちに、車はとある立派なマンションの駐車場に入った。ここが隼さんの家なのだろう。

――やっぱり、いきなりお部屋にお邪魔《じゃま》するというのはハードルが高い。

男性の家に行くのは初めての経験だし、心の準備が必要だ。それに、これから私は告白しようと思っているのだから、さらに勇気がいる。告白するのだって、有永先輩にフラれてから、初めてのことだ。

ここは一つ、日を改めて――！

慣れた手つきで駐車させる隼さんを横目で見ながら……逃げようかと思った。

しかし、私がそうっとシートベルトを外している動作で気づいたのか、隼さんは淡々と言う。

「逃げたら、大声で泣くよ」

「泣くって、誰が⁉」

「俺。今、逃げられたら、泣ける自信がある」

――えええぇ？

基本的にはスマートで格好いい隼さんだけど、たまに少年のような無邪気《むじゃき》さを見せる。

そんなところも彼の魅力とはいえ、今は困る！

隼さんが車を降りた後も、お泊まりなんてもってのほかだし、このまま部屋に上がるのも……と悩み、しばらく助手席に座ったままでいた。すると、業《ごう》を煮《に》やした彼が助手席側のドアを開けて、上半身を突っ込んでくる。

「ちょっと、なにするの⁉」

「夕夏が降りてこないから」

抱きしめられて、頰《ほお》にキスされた。

「隼さん⁉　なんかさっきから、おかしいよ⁉」

恥《は》ずかしい言葉を降り注がれたことはあったけど、ここまで接触過剰だったことはなかった。前に一度、去り際《ぎわ》に頰《ほお》にキスされたことはあったけど、今日はもう何回もしている。このまま彼の部屋に行ったら、どうなってしまうだろう。

さっき、交際宣言みたいなことはされたけれど、あれは私を助けるためにやったことで、まだお付き合いをしているわけではない。

それなのに、キスだなんて……！

恋愛経験ゼロの私には、すでにキャパオーバーだ。

そう思って横に首を振ると、隼さんが目を眇《すが》めて私を見る。

「――おかしくないよ。夕夏の体は正直なのに、口は強がりだね」

瞬時に、車の中で隼さんに抱きつかれた時に変な声を出してしまったことを言われているとわかった。やっぱり、隼さんには気づかれてしまっていたのだ。私の体が、反応していたことに……

私は恥《は》ずかしくて、誤魔化《ごまか》したくて、さっきよりももっと大きく横に激しく首を振った。

あの声はなにかの間違いだと弁解するよりも先に、顔に熱が集まって涙が出る。

「可愛い」

ちゅちゅ、と音を立てながら、顔中にキスをされる。彼の顔を押しのけようとしても、避けられたり、手を握《にぎ》られたりで、うまくいかない。

「本番までは、多分しないから。……うん、多分。だから俺の部屋に行こう？」

「多分って二回言った！」

「五十パーセントくらいは、自信がある」

「少ないよ！」

――って、それよりも！　私はまず、告白がしたいのだ。

手を引っ張られても、ふるふると首を横に振って抵抗した。

すると隼さんが悲しそうな顔をして、車の外で膝《ひざ》をつく。

「どうしても？」

上目遣いで首を傾《かし》げられても、無理なものは無理だと力強く頷《うなず》く。

「そうか」

目を逸《そ》らした隼さんが、泣きそうな顔で笑った。

彼のそんな顔を見たことがなくて動揺する。心配になって手を伸ばそうとしたら、目の前でバタンとドアが閉まった。

そんな乱暴なことをするのは隼さんらしくない。ますますびっくりしたまま外を見ると、隼さんは頭を抱えて俯《うつむ》いたまま、動かない。

――私はまた、失敗をしてしまったのかもしれない。さっき同窓会の場で、想いは言わなくちゃ伝わらないと気づいたばかりなのに。隼さんを不安にさせている。傷つけている。心の準備ができてないとか言い訳して、自分を守ろうとして――

拳《こぶし》をぎゅっと握《にぎ》り、覚悟を決めて車を降り、彼の隣にしゃがんだ。隼さんは、私が動く物音にも反応しない。

「隼さん？　どうしたの？　今日、なにかあったの？　――あ、そういえば、今日どうしてあのお店にいたの？」

いろいろなことがありすぎて、聞きそびれていた。あのお店は、ここから車で一時間弱ほどかかる。呑むにしても、一人でわざわざ出かけていくような距離じゃない。それに車で来ていたのだから、お酒が目的でもなかったのだろう。

彼の背中をぽんぽんと叩きながら聞く。すると彼は、怒ったような顔でこっちを向いた。

──怒ってる？　いや、泣きそう？　どちらとも判断がつかない複雑な表情。

「夕夏が、飲み会に行くって言うから……」

「──は？」

隼さんが顔をしかめて、自分の髪の毛をぐしゃっと持ち上げた。

「唯一《ゆいいつ》告白した男で、いまだに夕夏が引きずってる相手と会うって言ったんだぞ!?　気になるだろ！　気になったから、見にいったんだよ！」

……引きずっているっていうのは、まだ恋心を抱いている、という意味ではない。自意識過剰だと気づかされたことがトラウマになって忘れられないと言いたかったのだけれど。今、改めて客観的に聞くと、先輩に未練があると言ったように聞こえるかも、と気がついた。

だから、慌ててそう説明したら──

「なんだ、そういうこと!?　一人で焦《あせ》って、俺、格好悪い……」

隼さんがまた顔を伏《ふ》せて、ため息を吐きながら言う。

「え？　格好いいよ？」

さっきまで、運転する隼さんを見ながら思っていたことが、するんと出た。

──今まで幾度《いくど》となく思ってきたけど、よく考えたら面と向かって言ったことは、ほぼなかったかも。

そう思いながら彼を見ると、びっくりした顔をした後、みるみる赤くなっていった。

「……っ！」

改めて、自分がとんでもなく恥《は》ずかしいことを言ってしまったと認識し、私の頬《ほお》も熱くなる。

「夕夏、立って。歩きながら、話をしよう？　やっぱり俺の部屋に行く」

隼さんは気を取り直したように立ち上がって、私の手を引いた。

マンションの館内へと続く通路を、二人で並んで歩く。

隼さんはなにも言わないけれど、立ち上がる時に握《にぎ》られた手は、いまだにしっかりとつながれている。

私は、歩きながらずっと考えていた。

——なんて言ったらいいんだろう。

「諦《あきら》めないでください」？

……は、なんか上から目線だし。

「ずっと、傍にいてください」？

……だと、はっきりしない。

「他の子と、付き合っちゃ嫌だ」？

……では、自分の気持ちを言ったことにならないかも。

やっぱり………「好きです」？

ううぅ。最後の言葉を思い浮かべた途端、むずがゆい衝動が起きて両手をぶんぶん振り回してしまった。直球だし、今までさんざん待ってもらっている分、それが最良なようにも思えるけど、どうにも気恥《きは》ずかしい。

「夕夏？」

手をつないでいるから、隼さんも手を振り回すことになってしまった。巻き添えをくった彼が驚いている。

「わ、わぁ。なんでもない」

――脳内シミュレーションで悶《もだ》えていました。

手をつないでいないほうで顔を押さえて隼さんの顔を見ないようにしていたら、ぽつりと、声が聞こえた。

「夕夏、今日の同窓会、楽しかった？」

「え？　あ、うん。久しぶりに会ったら、みんな大人になってて、ビックリしたよ」

「彼も？」

「彼……？」

一瞬、誰のことを言っているのかわからなくて、隼さんを見上げて首を傾《かし》げる。すると、悲しそうな瞳に出会った。

「唯一《ゆいいつ》、告白したっていう先輩」

「だっ、誰がそれを……！　って、あ、自分か」

「そうだよ。夕夏が俺のところにきた時に追いかけてきた、ガタイのいい奴だろ？」

どうにもリアクションができず、ただこくりと頷《うなず》く。

「先輩に会ってみて、どうだった？」

問いかけられて、先輩のことを思い浮かべた。

「思ったよりも……うん、えっと、大人になってた」

「全然格好よくなかった」とか「ちょっと気持ち悪くなってた」とか言いそうになったけど、別の言葉に変えた。さすがに先輩に失礼だし、部活の仲間をそんな風に表現するのは、あまりよくないと思って。

すると隼さんの顔が、瞬時に歪《ゆが》む。

――え、どうしてそんな顔をするの？

意味がわからなくて焦《あせ》り、彼の気持ちを探りたくて瞳を覗《のぞ》き込む。しかし彼はちらりと私を見た後、すぐに顔を逸《そ》らしてしまう。

手は、しっかり握《にぎ》りしめたままなのに、隼さんがこっちを見ない。

いつもなら、しばらくじっと見上げていると、優しく微笑《ほほえ》んでくれるのに。

――隼さんは今、なにを考えてるの？　いつまでもグズグズしている私に、さすがに呆《あき》れてしまった……？

急かされるように、隼さんの手を強く握《にぎ》りしめた。

「あのね、話があるの！」

――もう、迷っている暇はない。今すぐに、隼さんに私の想いを伝えなくては。

私が切り出すと、隼さんはようやくこっちを見てくれた。絡まった視線に驚いた色があって戸惑ったものの、構わず言葉を続けようとした――けれど。

「聞きたくない」

本題に入る前に、突き放すように言われた。

いつもの私は、こんな風に言われてしまったら、その先はなにも言えなくなっていた。だけど、隼さんは突き放すような言葉を言うと同時に、私の手を痛いほどに握《にぎ》り込んだ。

完全に拒絶されているわけではないと思えた。

隼さんを見上げると、真っ直ぐに前を睨《にら》みつけていて、絶対に私を見ない。

「どうして？」

見上げて聞くと、隼さんの眉根がぎゅっと寄って、私を見た。

「俺は、夕夏が好きなんだ！」

その言葉と同時に縋《すが》りつくような腕に囲まれて胸が痛くなる。

切なくなるような声で名前を呼ばれて、じんと、痺《しび》れたような感覚が指先を走り抜けた。

また彼に言わせてしまったけれど、今なら私も返せる。準備ができてる。

「夕夏、好きだ……っ！」

「私も好き」

ちゃんと言えたことが嬉しくて、微笑《ほほえ》んだ。そして、彼の背中に手を回す。

頬《ほお》に当たった胸から、どくんどくんと心臓の音が聞こえる。鼓動が速くて、隼さんも緊張しているのかなと思った。それがさらに嬉しくて、幸せで泣きそうになる。

——よかった。伝えられた。なんか予定とは違うけど。

「……あれ？」

満足していた私の頭上で、彼が素《す》っ頓狂《とんきょう》な声を上げた。

「……あれって、なに？」

今、ようやく告白できて、晴れて両想いになれたはずなのに、なんでそんな反応なの。

少しムッとしながら体を離すと、隼さんはなにかを考えるように私を見ていた。

「ちょっと話が戻るけど、さっき『話がある』って言ってた内容ってなに？」

——なぜそれを蒸し返す!? っていうか、話したかったことは、今もう言ったよ！

改めて問われると恥《は》ずかしくて、私は顔を熱くしながらも、頑張って声を振り絞った。

「こ……告白をしようかと思って……ました」

目を見開く隼さんが、なにをそんなに驚いているのかわからなくて、動揺して最後はなぜか敬語になってしまった。

「俺はてっきり、あの男のことがやっぱり好きとか言い出すんじゃないかと思ってた！」

「なんでそんな発想に⁉」

さっきしゃがみ込んでいた時に、先輩のことはそんなんじゃないと説明したつもりだったのに。同窓会で先輩から守ってもらった時にも『付き合ってくれるの？』と聞かれて、頷《うなず》いたのに。あの場を切り抜けるための方便だと思われていたのだろうか。予想外すぎて驚きを隠せない。

「夕夏、俺のこと好き？」

改めて聞かれた。……何回、言わせる気だろう。

まさか、いつもの隼さんが私に言ってくれてるのと同じくらい要求されるの？

それは……かなりの数になる。ちょっと気が遠くなりそうだと考えながら、返事をした。

「うん、好き」

恥《は》ずかしさは急には消えないけど、これからは私も、隼さんに想いを返していきたい。

「夕夏はもう俺のものってことだよね⁉」

こくりと頷《うなず》く。

「じゃあ、キスしていい？」

辺りをきょろきょろ見回す。うん、周りには誰もいない。

それからちょっと息を吸って、ドキドキしながら返事をした。

「はい」

「していいの!?」

「ダメって言ってほしかったの!?」

――こうやって改めて聞かれるのって、恥《は》ずかしすぎる！

ちょっとムッとしたのは、仕方ないと思う。

顔を熱くしながらも彼を見つめて顎《あご》を上げ、私は生まれて初めて唇へのキスを受け止めた。


隼さんの部屋は、最上階の角部屋だった。

リビングの大きな窓の外には、煌《きら》びやかな夜景が広がっている。

私がしばらく外を眺《なが》めている間に、隼さんはソファに座っていた。

「こっち来て。夕夏の席は、ここね」

脚を広げ、その間をポンポンと叩きながら私を呼ぶ。ものすごく恥《は》ずかしかったけど、他にどこに座っていいのかもわからないので素直に従う。

「夕夏、好き。好き。可愛い。食べたい」

隼さんは、うしろから私を抱きしめ、さっきから後頭部に頬《ほお》ずりをしている。

時々なにやら言っているけど、これは返事がいらないやつだと判断したので、無視して平静を装《よそお》っている。――のだけど、うしろからずっと含み笑いが聞こえているので、多分私は首まで真っ赤になっているに違いない。

「夕夏、こっち向いて」

振り向くと、鼻先が触れ合うほど近くに彼の顔があって、体がびくんと揺れた。

そんな私を落ち着かせるように、優しく頬《ほお》に手を当てて、隼さんは微笑《ほほえ》む。

その表情に見惚《みと》れていると、彼の指が私の瞼《まぶた》に触れて、目を閉じるように促《うなが》される。

そして、そっと唇が重なった。

唇が離れた後も顔を熱くして目を合わせられない私を見て、隼さんはくすくすと笑う。

「もう一回」

そんなことを言って、私が返事をできないうちに、また唇が重なった。さらに啄《ついば》むようにもう一回。……もう一回。

何度も重なる唇に、私はどうしたらいいのかわからなくなって、目を閉じたまま、全身に力を入れすぎてプルプル震《ふる》えていた。

「夕夏、可愛い」

唇をくっつけたまましゃべるとは、何事ですか。

文句が言いたいのに、キスの嵐を受けていて話す隙《すき》もない。

さすがに息苦しくなってきて、口を開けた瞬間、口腔《こうこう》に、にゅるりと舌が潜《もぐ》り込んできて——思わず手が出た。

初心者相手に、いきなりどこまで進む気だ！

ぱちんと小気味いい音をさせて、隼さんの顔を両手で挟《はさ》んだ。

「もう終わり！　今日のキスはもうおしまいです！」

「えぇぇ!?　まだちょっとしかしてない！」

「これでちょっと!?　隼さんが満足するまでしてたら、朝になっちゃう！」

「それでもいいじゃん。時間はある！　明日は日曜だよ」

「よくない！」

無理矢理腕の中から抜け出て、息をつく。

振り返ると、隼さんは口を尖《とが》らせていた。その拗《す》ねている仕草がなんだか可愛くて、笑った。

「やっと手に入れたのに。俺は、もっといちゃいちゃしたい」

上目遣いでそんなことを言われて、きゅんとときめいてしまった。

だから、そっと近づいて、どくどくと暴《あば》れる心臓をどうにか宥《なだ》めて、自分からキスをした。

「大好き」

とっておきの言葉と一緒に。

8

夕夏から同窓会の話を聞いた日から、ずっともやもやしていたものが晴れた。

あの男が忘れられないのかと思っていた誤解は解けて、俺はついに夕夏と恋人同士になったのだ。

しかも今しがた、夕夏から初めてキスもしてもらった。

『大好き』という言葉と、とびきりの笑顔とともに。

夕夏は、今日のいちゃいちゃはそれで終わりのつもりだったようだけど、俺が止まれるわけがない。

あまりの可愛さに――理性のネジが飛んだ。

気がついたら、夕夏を腕の中に閉じ込めて、無茶苦茶にキスしていた。

「ん……あ、はぁっ」

苦しそうに眉間《みけん》にしわを寄せて、涙目で俺を睨《にら》む夕夏。そんな色っぽい顔をされたら、ますます止まらなくなるというのに。

口を開けて荒い呼吸を繰り返す彼女の口腔《こうこう》に舌を伸ばして、夕夏の舌を捕まえる。吸って、くすぐって、滅茶苦茶《めちゃくちゃ》に絡め合わせる。

彼女の口の端《はし》から、呑み込めずに溢《あふ》れた唾液《だえき》がこぼれた。

それを唇で追いかけて、首筋までたどった。

「はやと、さんっ⁉　ちょっとストップ！」

夕夏が俺の頭を叩きながら、掠《かす》れた声で叫んだ。

「ん、無理」

「無理って⁉」

悲鳴のような声を上げる夕夏の唇を、自らの唇で塞《ふさ》ぐ。それからいったん唇を離し、柔《やわ》らかな唇を甘噛みすると「ふっ……んっ」と甘い呻《うめ》きが夕夏の口から漏れた。

その声が色っぽくて堪《たま》らなくなり、胸の谷間に顔を埋《うず》めた。

……柔《やわ》らかい。

「も、もう！　ダメ！　どいて！」

夕夏が俺の髪の毛を引っ張って引き剥《は》がそうとする。

だけど俺は構わず、舌で胸の膨《ふく》らみを舐《な》めながら、視線だけ上に向ける。すると目が合って、夕夏の顔が、驚くほど真っ赤に染まった。

逃れようとする夕夏を膝《ひざ》の上に横向きに乗せて、彼女の両脚を片腕で拘束《こうそく》した。

背中に添えていたもう片方の腕で、夕夏のシャツをまくり上げる。

「ひゃぁ！」

ブルーのブラだった。

なんとなく、夕夏の下着はピンクかなあとか勝手に想像していたけれど、これはこれで可愛い。

にへらと、自分の顔が緩むのがわかった。

「ばかぁ！」

俺の髪に差し入れられていた夕夏の手が離れ、ブラを隠そうとする。

ひとまず彼女のしたいようにさせつつ、また唇を重ねた。

「夕夏、可愛い。どこもかしこも可愛い。もっと触りたい。全部見たい」

唇を重ねたまましゃべると、恥《は》ずかしそうに夕夏が身を捩《よじ》る。

彼女の脚を掴《つか》んでいた手で、柔《やわ》らかな胸に触れた。するとシャツを下ろして裾《すそ》を掴《つか》んでいた手が、慌てて俺の手を掴《つか》んできた。

「んんっ！」

夕夏が抗議の声を上げようとしたみたいだったけど、無視してブラのホックを外す。

その後も彼女は口をパクパク動かしながら、俺の顔を見つめている。

「可愛い」

頬《ほお》にキスをして、夕夏が固まっているうちに、するりと手を服の中に忍び込ませて、直接胸に触れた。

「ふ、んぅ……！　いやぁぁんっ」

今の声が恥《は》ずかしかったようで、夕夏は口を両手で押さえた。

おかげで、胸は触り放題。

掌《てのひら》で包み込むと、指の間から溢《あふ》れてくるほど柔《やわ》らかい。しかしその先端だけは硬く尖《とが》っていて、存在を主張している。

ブラもシャツも押し上げてしまったため、綺麗《きれい》な胸が丸見えだ。

「両手上げて？」

俺がそう言うと、口に手を当てて、ぷるぷる首を横に振る夕夏は、どうしてこんなに可愛いのだろう。

「じゃあ、このままでもいいや」

胸の先端を口に含んだ。

「んんっ！」

まるで俺に胸を押しつけるように、背をしならせる。

夕夏は恋愛経験がないと言っていたから、こういうことをするのも今日が初めてに違いない。未知の感覚に耐える夕夏の目には、涙が浮かんでいた。

ちゅぱっ。

わざといやらしい音を立てると、抗議をするような視線が飛んでくる。

「隼さんっ、今日はしないって言ったのにっ！　もっ、ぁああ！」

胸の先端をつまんで捏《こ》ねるだけで、夕夏の体は、びくびく動く。

「本番までは多分しない、って言っただけだよ。まだこれは本番じゃないし」

——言われると思ってた。でもこんなのはまだ序の口だ。本番は、こんなもんじゃない……って言ったら、夕夏はどんな反応をするかな？

「もおぉ、屁理屈《へりくつ》ばっかり！　そんなこと言うなら、もう、隼さんの部屋には来ないっ！」

ぐいぐいと、あまり力の入っていない手で、俺の手を押さえつけている。

精一杯の抵抗のつもりなんだろうけど、涙で瞳をいっぱいにして抗議してくる姿は、嗜虐心《しぎゃくしん》を煽《あお》るだけだ。

「夕夏、ダメ？　お願い」

「ダメっ！」

可愛く頼んでも間髪容《かんはつい》れずに断られた。これ以上怒らせたら、本気で家に来てくれなくなる気がして、手を離した。

すると夕夏は、あっという間に服を整えてしまう。

「夕夏……」

彼女の首筋に顔を埋《うず》めて、我慢ができないことを伝えようと、分身を夕夏のお尻にこすりつける。でもそれは逆効果だったようで――

「待って！　もう下ろして！」

真っ赤な顔で怒られてしまった。

目の前の床に正座した夕夏が、口を引き結んで、俺にも正座を要求してくる。

仕方なく従うと、八の字眉毛で俺を見てきた。

「隼さんはわかっていると思っていたので言わなかったんだけど……」

――なにを言い出すつもりだ？

さっぱり見当もつかなくて、続く言葉を待つ。

それにしても、唇を噛んで上目遣いで俺を見る夕夏は、本当に扇情的《せんじょうてき》だ。これで俺に手を出してはダメと言うのは、かなり酷《こく》だ。どれだけ俺の忍耐力を試すつもりなのだろうか。

――俺は、そんな忍耐力を持ち合わせていない。

今までの人生では、自分に堪《こら》え性《しょう》がないと感じたことはなかったが、夕夏に対して、俺は我慢がきかない。

そんなことを考えているうちに、夕夏はすうっと息を吸い込んで、覚悟を決めたように言った。

「私は、初めてです」

――なにを今さら。

なぜそんなことを改まって言うのかわからなかったけれど、ふと見ると、夕夏の膝《ひざ》の上に置かれた両拳《りょうこぶし》が、力の入れすぎかぷるぷると震《ふる》えていた。

――そうか、初めてで、緊張して恥《は》ずかしくて、怖いんだ。

そんなことにも気づいてやれなかった自分に呆《あき》れてしまう。

人一倍怖がりな彼女が、それでも逃げ出さず俺と向き合ってくれているのを感じ、ますます愛おしさが込み上げてきた。

「男性とお付き合いするのも、隼さんが初めてです。さっきのキスが、ファーストキスで……ん!?」

……もう、この状況で、我慢できる男っているのだろうか。夕夏の初めてはすべて自分のもので、これからも全部俺のもの。

「もう待てない。嬉しすぎて、どうにかなりそう」

自分の息遣いが荒くなっているのがわかる。

夕夏を手に入れた今、改めて考えると感動が込み上げてきて仕方ない。

キスも、その先も、なにもかも俺が初めてなんて。

「あ、やあん。さわっちゃだめ、っん」

目の前の正座した夕夏に覆《おお》いかぶさり、キスして、あちこち触って、確かめたい。

――俺のものだ。

全部、俺だけのもの。

この濡《ぬ》れたまなざしも、色香を含んだ甘い声も、荒い息遣いも、すべて俺しか知らない。そのことに、自分がこれほど感動を覚えるなんて知らなかった。

「自分が、こんなに独占欲が強いなんて、初めて知ったよ」

「ふぁ？　独占欲……？」

「夕夏が誰にも触れられてないってわかったのが、無茶苦茶嬉しい。ここも、ここも、ここも……全部俺だけのもの……。ああ、もっと触りたい。奥までいきたい」

「奥っ……!?」

「ここ……ここに、入れたい」

スカートの中に指を差し入れて、そっと指を滑らせると、夕夏の体が面白いほど跳ねた。

「俺は自分を、こういうことに淡白なほうだと思ってたんだけど……」

くにくにと、夕夏の大事な部分を触ると、少し湿っている気がした。

処女は濡《ぬ》れにくいと聞くし、俺の願望かもしれないが。

「たっ……淡白!?　これで!?」

俺の言葉に、夕夏が悲鳴を上げた。これでって……夕夏、ひどい。

「うん。したくてたまんないって思ったことなかったんだけど……ごめん、今は止まらない」

夕夏の抵抗が緩んでいたこともあって、クロッチの横から指を差し込んだ。

「あ、やっぱり少し濡《ぬ》れてる」

指を動かすと、ちゅくちゅく音がした。

「ひゃぁあん！　あっ、あっ！」

夕夏の両手が、俺の腕を押さえつけた。でも、その抵抗は弱々しく、もう少しいってもいいような気分になってくる。

「夕夏」

呼びかけると、俺を見つめる濡《ぬ》れた瞳に出会う。

「気持ちいい？」

真っ赤な顔をして首を横に振るけれど、湿った音は、もうはっきりと聞こえるほど大きくなっている。触れている俺の指も、どんどん濡《ぬ》れて滑りがよくなっていく。

「俺は、気持ちいい。夕夏のここ、柔《やわ》らかくて、すごくあったかくて気持ちいい。もっとたくさん触りたい。ああ、絡みついてくるみたいだ」

誘われるままに、くぷ……と、夕夏の中に指を沈めた。

すると、やはり違和感があるのか、夕夏の顔から、さっきまでの快感に溺《おぼ》れているような表情がなくなる。

不安そうに、そっと見上げてくる夕夏に、精一杯優しく笑って見せる。

「ねえ、夕夏。入りたい……ここに。初めてだから、痛いかもしれないけど、できる限り優しくするから。ね？　お願い」

くるんと、優しく夕夏の中で指を回して、親指でクリトリスを刺激すると、「んぁっ」と可愛い声が上がった。調子に乗って、くにくにと刺激し続けると、ぴくぴくと震《ふる》える夕夏が涙を浮かべる。

「だって、だって……！」

そんな舌っ足らずな言葉を発されると、逆に欲を刺激されて、泣かれても止められそうにないと思う。

一応、許可を得たいけれど、それまで我慢できるだろうか。

そんな鬼畜《きちく》なことを考えていることはおくびにも出さずに「どうしたの？」と優しく微笑《ほほえ》む。

「私、初めてなんだよ!?　こんな急に……！」

「初めてなのは、さっき聞いたよ」

叫ぶ夕夏に、あっさりと頷《うなず》くと、驚いた顔をされた。

「初めては、痛いって聞くよ⁉」

「そうだね。俺も聞いたことある。なるべく痛くさせないように解《ほぐ》すし、うんと優しくするから。頑張る」

実際のところ、処女を相手にしたことはない。向こうから誘いをかけてきて、一夜限りでもいいと言う女性は、それなりに経験豊富な人ばかりだった。だから、こうすれば絶対に大丈夫という自信があるわけじゃないが、快感で我を忘れるまで気持ちよくさせられたら、どうにかなるんじゃないだろうか。愛の力で乗り越えられる気がする。

「処女なんて、面倒じゃないの⁉」

「そんなわけないだろう」

――むしろ嬉しい。無茶苦茶嬉しい。自分で驚くほど喜んでいる。

「そうなの⁉」

「ああ。夕夏が他の誰にも触れられてないのが嬉しい。初めての快感に、気持ちよさそうにしてるのを見るのが嬉しい。恥《は》ずかしがって身を捩《よじ》る姿は可愛いし、身悶《みもだ》える姿を見て次はどうしてくれようかと考えるのも楽しい。とにかく、夕夏とだったら全部嬉しいんだ」

言い連《つら》ねると、夕夏の顔に、どんどん赤みがさして、泣きそうな表情になった。

「変態ぃ！」

そう叫ぶ夕夏を見て、本当にわかってないなと思ってしまう。その表情こそが俺を煽《あお》るというのに。

「ああ、そうやって泣くのも、愛しい」

指は、夕夏の中で沈めたままで、キスの雨を降らせていく。

ふたたび服をまくり上げて胸の先端を口に含むと、夕夏が小さく「んっ」と声を上げた。その喘《あえ》ぎ声を聞いて気をよくした俺は、舌で乳首を転がすように舐《な》める。ついでに、もう片方の先端は、指で胸の中に押し込んだり引っ張ったりを繰り返す。

執拗《しつよう》に胸をいじりながら、震《ふる》えて俺にしがみついてくる体を楽しんだ。

「夕夏、可愛いよ。可愛い。好きだよ。愛してる」

『好き』の言葉を降らせながら触れていくと、夕夏の体から抵抗の力が抜けていく。気持ちよさそうな喘《あえ》ぎ声だけが響き始める。

表情からも不安の色がなくなって、うっとりと俺を見上げるようになった。

そんな夕夏を見て、俺がにっこり笑うと、彼女はなぜか慌てた様子で口を開いた。

「ん、んんっ。はぅ。好きっ」

真っ赤になった顔で、また体中に力を入れて一生懸命言う。緊張しているような、自分も言葉を返さなきゃと気負っているような、そんな風に感じた。

それはそれで、もちろん嬉しいのだけれど……

「夕夏。無理に返事しなくて大丈夫だから。夕夏が俺を好きなことは、見てたらわかる。ほら、もっと、感じて。俺を見て。……そう、その視線だけで、俺のことが好きでたまらないってわかる」

俺がそう声をかけると、少し申し訳なさそうな顔をして、ほっと力を抜いた。

それを見計らい、俺はもう一度、問いかける。

「ねえ夕夏、このまま続きをしてもいい？　よければ、俺の首に手を回して掴《つか》まって。そろそろベッドに行きたい」

すると夕夏は、真っ赤な顔でしばらく逡巡《しゅんじゅん》した後、おずおずと俺の首に手を回してくる。

——よし。ようやく許可を得られた。

抱きかかえて寝室に移動している間も、夕夏は恥《は》ずかしそうにするだけで抵抗はしなかった。

夕夏をベッドに下ろして、自分の服を脱ぎ捨てた。素っ裸になってから夕夏を見ると、耳まで赤くして顔を両手で覆《おお》っている。

この反応からして、俺が脱ぐのを途中までは見ていたんだろう。もっと夕夏の反応を見ながら見せつけるように脱げばよかったな。

そんなことを考えて笑みを漏らしながら、夕夏に覆《おお》いかぶさる。

そうして、夕夏の服も脱がせ始める。彼女はすでに覚悟を決めてくれたようで、俺から目を逸《そ》らしながらも、手を上げたりと協力的だ。なのに、すべて取り去ってしまうと、もじもじと脚を擦《す》り合わせて恥《は》ずかしがる。

その夕夏の脚を広げて、ちょっと力ずくで自分の体を割り込ませた。

「やぁあんっ……んぅ」

恥《は》ずかしさにまた声を上げる夕夏の口をキスで塞《ふさ》いで、断然触りやすくなった核へと手を伸ばす。

夕夏の中に指を入れて動かすと、眉根を寄せて困ったような顔をしている。

「好きだよ…………ふっ、ほら、夕夏のここ、俺の指に反応してる」

耳元でささやくと、夕夏の内部がきゅっと動く。

「俺がなにか言うたびに、ここがきゅって締まるんだ。嬉しがってくれてるの？　気持ちいい？」

「わ、わかんなっ……！」

体中をぴくぴくと跳ねさせながら、夕夏は俺に手を伸ばしてくる。そして、俺の首に両腕で抱きついて、荒い息を吐く。

「あっ……ぁ、あんっ。ふぁあん」

夕夏は、俺が脚の間にいるせいで閉じられないのをどうにかしたいようで、しきりに動かしている。でもそれは逆効果で、俺の体に脚を絡ませ、引き寄せているようなものだ。

「夕夏のここ、柔《やわ》らかい……。ぐちょぐちょのここが、俺の指、二本も咥《くわ》えてるんだよ」

最初は中指だけ、ゆっくりと差し入れていた。だけどかき混ぜて解《ほぐ》しているうちに蕩《とろ》けて、人差し指を入れても大丈夫なほどになった。

脚を開かせ、その二本の指を見せつけるように、クイクイと動かす。

「や、だあ。はずかし……んっ、よぉ」

恥《は》ずかしがりながらも、夕夏の素直な体は、どんどん快感を覚えていっているようで、頬《ほお》がピンク色に染まって目がとろんとしてきた。

「うん、もっと恥《は》ずかしがる姿を見せて。最高に可愛いよ」

言いながら、中心の蕾《つぼみ》をぐりっと親指で押しつぶすと――

「んあぁぁぁ！」

大きな声とともに、びくんと、夕夏の体が跳ねる。

それからくったりと弛緩《しかん》し、肩で大きく息をしているので、軽くイッたのだろう。

彼女は、なにが起きたかわからないようで、目をぱちくりさせている。そんな夕夏の頬《ほお》にキスを一度してから、体中にキスをしながら少しずつ下りていく。

「はっ……隼さんっ⁉」

夕夏が気づいた時には、俺の顔はもう甘い蜜を垂《た》らす下の口の前だった。

驚いた声を上げる夕夏を無視して、ちゅうっと下の突起《とっき》に吸い付いて、そのまま、舌を這《は》わせていく。

「いやぁぁんっ。汚いっ、汚いよ！　隼さんっ」

ばしばしと頭を叩かれるが、絶頂を迎えたばかりの腕には力が入らないようだ。

「汚くないよ。……いい眺《なが》め」

ぬらぬらと光る襞がぱっくりと割れて、俺の指を呑み込んでいる。次から次へと蜜を垂《た》らし続けるそこは、早く俺がほしいと言っているようだ。

「だめえっ」

夕夏が脚を閉じようとして俺の頭を太腿《ふともも》で挟《はさ》む。

「うん。これは気持ちいい」

柔《やわ》らかさを堪能《たんのう》しつつ、太腿《ふともも》を舐《な》めると、夕夏がびっくりしたような声を上げて脚を開いた。

すると、赤く熟《う》れた花芽が丸見えになる。それを優しく舌で転がしてやると、夕夏は背を反らして声を上げた。

俺の舌は襞をかき分けて進んで、蜜壺の周りをぐるりと回る。それから中に差し込んだ。

甘い蜜をすすると、夕夏の反応が変わった。

「ふぁ、あっ、あん、あっ……あっ」

脚を目一杯広げて、俺の頭を押さえつけている。

その行動は、快感を逃がそうとした結果、無意識にしたものだろうが、あまりにも卑《ひ》猥《わい》だ。そんな彼女の姿に、眩暈《めまい》がするほどの欲望を覚えた。

じゅるっ、じゅるるっと、わざと音が出るようにする。夕夏は赤く染まった顔で俺を見ながら、唇を噛みしめている。恥《は》ずかしさを、必死で堪《こら》えているのだろう。

尖《とが》らせた舌で花芽を突《つつ》きながら見上げると、欲望に潤《うる》んだ夕夏と目が合った。

「も……隼さん……体の奥がむずむずして……、どうしよう」

もじもじと体をくねらせる夕夏は、ひどく艶《なま》めかしい。

「もう、なんか……どうにかしてほしいの。お願い……」

夕夏の熱い息が、俺の頭にかかる。

無意識に、ごくりと喉《のど》が鳴った。

――この色っぽ過ぎる処女を、どうしてくれようか。

俺だって、それなりに経験があるのに、夕夏としているとみるみるうちに余裕が消え失せていく。

体を起こして夕夏を抱きしめると、嬉しそうに抱きついてきて体をすり寄せてくる。

「夕夏の初めては、今日俺がもらうからな」

柔《やわ》らかな体を俺に押しつけて喘《あえ》ぐ夕夏に、もう我慢できそうにないと白旗を上げた。

◇◆◇

『夕夏の初めては、今日俺がもらうからな』

たった今、隼さんにそう宣言されたけれど、私ももう覚悟は決まっていた。

彼と一つになりたい。一つになって、もっと溶け合って、快感に溺《おぼ》れてしまいたい――

すべてのことが今日、初めて経験したばかりだ。裸で抱き合うのが、こんなに気持ちいいなんて思わなかった。

ベッドの上で向き合った状態で抱きしめられたまま、無意識のうちに、彼の胸に頬《ほお》を寄せていた。

「夕夏、ねだってんの？」

頭上から、興奮に掠《かす》れた声が降ってくる。顔を上げると、隼さんが眉間《みけん》にしわを寄せて私を見下ろしていた。

「まあ、ねだられなくても、すぐにあげるんだけど」

声と一緒にお尻のほうから秘所に指が差し入れられて、くちゃっと水音を響かせる。

「はっ……ぁんっ。んんっ、んんっ……！」

なにもできずに喘《あえ》ぐだけの私の口にキスをして、彼は指をさらに奥に進める。

ぐちゅぐちゅとはっきりした水音が聞こえて、恥《は》ずかしくて、でもやめられるのは辛くて、隼さんの体にぎゅっとしがみついた。

そして、ふと気づく。

「……？　隼さん、今、裸……だよね？」

「服着ているように見える？　それに、さっき俺が脱ぐとこ見てただろ？」

──バレてる!?　たしかにさっき、隼さんが服を脱ぐのを途中まで見ていた。でも、恥《は》ずかしくなって、途中でやめたのだ。

今さらなことを確認する私を面白そうに眺《なが》めて、隼さんは首を傾《かし》げる。

でも私も、首を傾《かし》げたくなるような不思議を感じているのだ。

腰の辺りに当たっている、妙に硬いこの感触は──なに……？

缶のペンケースみたいな感触だ。

少しだけ体を引いて、私と彼の体の間に手を差し入れて、それを掴《つか》む。手元がよく見えないが、ちゃんと握《にぎ》れた。

「…………っ！」

その瞬間、隼さんが息を呑んだ。

私はそれをぎゅっと掴《つか》んだまま、隼さんの顔を見る。

「夕夏っ……」

私の名を眉根を寄せて切なげに呼ぶ彼は、衝撃的なまでに色っぽい。

そして、今さらながらに気がついてしまった。この手の中にあるものの正体に。

「あゎ、ごごごめっ……」

慌てて離そうとしたら、それを握《にぎ》った上から彼の手で押さえられてしまった。

「夕夏……気持ちいい。もっと、して……?」

目元を染めて微笑《ほほえ》む彼からそう言われて、私はそっと手を動かしてみる。

手の中でぴくんと動くそれは、やっぱり隼さんの体の一部だったのだ。

ぴくぴくと動いて、心なしか少し大きくなったような気さえする。

そっと視線を下へ動かしてみる。

初めて見た男性のそれは、聞いていたよりも全然グロくなくて、つるっとしている印象だった。私が手を動かすと、隼さんの体もふるっと震《ふる》えて、先端に透明のしずくが浮かんだ。

「これ、なに……?」

握《にぎ》っているのとは反対の手でそのしずくを触ると、粘性のあるものだった。

「……夕夏のこれと同じ」

そう言って隼さんの指が、私の秘所に差し入れられる。花芽をつまんで、くにくにと捏《こ》ねられてしまった。

「んあっ、や……今は、私がっ……あぁあっ」

そう言っても、彼の手は簡単に私を翻弄《ほんろう》する。こうされるともう、なにも考えることができない。

「またこんなに、びしょびしょになってる」

荒い息を吐きながら、ぼんやりと考える。

さっきの粘性のあるしずくが、私のこれと同じなら、隼さんのも気持ちよくて出たものってこと……？

「はやとさ……ん。気持ちいい？」

快感に流されそうになりながらも手を動かすと、隼さんは苦しそうに顔を歪《ゆが》めて、「くっ」と呻《うめ》いた。するとまた隼さんの先端から透明なしずくが溢《あふ》れてきた。

「いっぱい出てきた」

私は嬉しくなってしまった。彼が気持ちいいという証拠を見せてもらったようで、安心する。

「隼さんも、感じてくれて嬉しい」

私の手つきは、絶対に上手ではないと思う。なにせ、こういうことをしたのは、今日が初めてなのだ。それでも、こんなぎこちない動きに彼は感じてくれている。

はにかみながら、もっと気持ちよくしたいと力を強めた時、ぐりっと花芽を強く押し込まれた。

「ふあっ……!?」

突然の強い刺激に手を滑らせて、彼自身から離してしまう。声を上げて、背をしならせる。

ちょうど彼の眼前に突き出す格好となった私の胸の先端を彼がつまんで、少し強めに引っ張った。

同時に、私の中にいたほうの指は、ぬるぬると滑りながら微妙な刺激を与え続ける。

「夕夏、余裕じゃないか。だけど、俺を翻弄《ほんろう》しようなんて、十年早い」

隼さんは胸の先端をつまむ指にきゅっと力を入れて、軽く引っ張った。

なぜか、それが痛みではなく快感を連れてくる。

「あっ……ぁっ、んっ……！　やぁぁんっ」

――痛いのに、気持ちいい。

そんな感覚、今まで感じたこともなくて、私は自分が少し変態では？　と不安になった。そう思いながら彼を見上げる。隼さんは私を見下ろしながら、ぺろりと舌なめずりをしていた。

「ほら、これもほしいんだろ？」

体を起こした彼が、私の脚の間に、屹立《きつりつ》したものを挟《はさ》む。

それから仰向けに寝かされ、脚をぐっと持ち上げられた。次《つ》いで、彼自身を私の脚の間で何度も往復させる。

熱くて、硬いけど弾力のあるものが、ぐちょぐちょの私の秘所を刺激する。

「こうやって夕夏の中に入るんだ。柔《やわ》らかくて、温かそうだ」

そう言いながら、腰を突き動かすような動作をする。まだ中には入っていないけど、なんだか本当にしているみたいで官能的な気分にさせられる。

彼のものが、ぬるぬると前後するたびに擦《こす》れて気持ちいい。

しかし、しばらく前後に揺れていた隼さんが止まり、私の顔を覗《のぞ》き込む。

私はそれを残念に思いながら、隼さんの顔をぼんやりと眺《なが》めた。

「そんなに蕩《とろ》け切った顔して。気持ちいいの？」

くすくすと隼さんの笑い声が聞こえる。彼は依然《いぜん》として、腰を動かしてはくれない。

いつもの私なら、そんなことを言われたら、恥《は》ずかしくて瞬時に身を起こして逃げ出していただろう。でも今の私は、言いようのないもどかしさに襲われていて、理性なんて残っていなかった。

「気持ちいい。気持ちいいの。もっと。もっとして……早くぅ」

とにかく、止まってしまった刺激がもっとほしかった。

自分で体を揺らして快感を得ようとしたけれど、さっきみたいな全身が痺《しび》れるような感覚は味わえない。

「――っ、マジか……」

隼さんの呻《うめ》くような声がした。

苦しそうな声に、困らせるようなことを言ってしまったのかと不安になる。

「ダメなの……?」

ねだってはダメだっただろうかと首を傾《かし》げると、さらに唸《うな》られた。

「エロい。無茶苦茶エロい」

そう叫びながら、隼さんは私にキスをする。

荒い息を吐きながら、私の口内をすべて舐《な》めつくしてしまう。

歯列をたどり、舌を絡めてくる。

私がキスに夢中になっている間に、隼さんの手は私の胸に伸びてきた。

丹念《たんねん》に揉《も》まれ、彼の手の中で私の胸が形を変える。時折、思い出したように親指と人差し指で先端をつまんで引っ張るから、段々と私の体はそれを期待して震《ふる》えるようになってしまう。

――もっと、もっと強い刺激がほしい。

「腰が揺れてるよ? 夕夏はエッチだな」

意地悪なセリフに、私は言い返す。

「さっきのがいいの。隼さんので、私のここ、ぐちゃぐちゃにするのがいいっ」

キスも触られるのも全部気持ちいいけれど、もっと激しい快感を教えてもらった。

もどかしくて自分の秘所に手を伸ばすと、驚くほど柔《やわ》らかかった。自分で触るだけでも体中に刺激が走り抜ける。

ここに、彼のもので触れてほしい。

「このっ……！　……ああ、もうっ」

幼い子を叱《しか》るような口調で隼さんが叫ぶと、私の中に彼の指が入ってきた。

ちょっと圧迫感を感じて、息を吐く。

「もう少し解《ほぐ》さないと本番は無理だって言うのに、俺が先にイキそうになるだろ」

——解《ほぐ》し終わるまでは、さっきのはお預《あず》けなのだそうだ。

「もっと気持ちよくなりたいんだろ？　それなら、脚を自分で持って広げて」

言われるままに、おずおずと脚を広げると、隼さんの視線が私の秘所に釘付《くぎづ》けになって、呼吸が速くなる。

その反応がもっと見たくて、自分の手で膝《ひざ》を抱えてさらに脚を広げた。

「ここ……気持ちいいの」

そう言うと、私の中に差し入れられていた隼さんの指が曲がる。

何本かの指が暴《あば》れ回って、ぐるんと円を描いた。

「……ただでさえ可愛いのに、さらにギャップ萌《も》えもか!?」

わけのわからないことをつぶやきながら、乱暴なくらい指を動かされる。ぐちゅっぐちゅっと卑猥《ひわい》な音が響いた。

「あっ、あっ、あっ……!」

頭の芯《しん》が痺《しび》れる。体が反《そ》り返り、爪先がピンと伸びた。

「よし、夕夏。その快感を追いかけていけよ」

隼さんがなにかを言って、指を抜き差しするスピードをさらに上げる。

「ふぁ……? あ、や……なんかくる。ダメ……」

自分の体が思い通りに動かせない。体に電気が流れていく。びりびりと産毛《うぶげ》が逆立つような感覚に、急に怖くなって、首を横に振った。

「大丈夫。ダメじゃない。そのまま……イケ」

親指で花芽をはじかれて、その刺激で一気に頭の中が弾けた。

「あ……あああああああっ」

◇
◆
◇

——天然ってやばい。

俺は切実にそう感じていた。

夕夏は恋愛やセックスについて、経験だけでなく知識もあまりないようで、素直に快感を受け止める。

だから経験がないにもかかわらず、すでに何度もイケていた。おまけに、思い切り感じやすい体をしているから始末におえない。

――もう、早く入れないとまずい。入れる前に俺が爆発してしまいそうだ。そんな失態を、夕夏の初体験で演じるわけにはいかない。

もう十分に解《ほぐ》れた。そろそろ本番にいってもいいだろう。

逸《はや》る気持ちを抑えつつ、自らを夕夏の中心に押し当てると、ぬるりと柔《やわ》らかな湿った感触で気分が盛り上がる。

「ふぁっ……ん、ああっ……んっ」

俺自身の感触に、夕夏は背筋を震《ふる》わせる。

一度、襞の間を往復させると、夕夏の脚が俺に絡みついてきた。

さっきの快感を覚えているようで、もっとしてほしいと訴えてくる。

そして、いざ彼女の中に入ろうとして、ふと気づく。――コンドームがない。

とはいえ、ここで止まれるほど、俺は大人じゃない。

――どうする、俺……

しばらく考えた末、大きく深呼吸をしてから夕夏を抱きしめて、彼女の耳元にささやいた。

「夕夏……責任は取るからな？」

――無責任なことをするつもりはない。

もしも……もしもそうなった時には、順番は違ってしまうが責任を取る。夕夏を一生手に入れられるのだから、むしろそうなってほしい気さえした。本来は、彼女の許可を得てからするべきだが――そこまでの余裕は、今の俺にはない！

「ふぇ？　せきにん……？」

いまいち理解していないような声が夕夏から漏れたが、それはまた後でゆっくりと説明しよう。

「安心して、俺に任せて。ね？」

にっこり笑って、体を押し進めた。

「んや、……？　痛……っ！」

夕夏の顔から快感に酔った表情が消えていく。痛みに目を見開いている。

申し訳ないが、この痛みには耐えてもらう他に道がない。

「ごめん。頑張って」

頬《ほお》を撫《な》でながら言っても、夕夏は歯を食いしばって俺の両腕を掴《つか》むだけだ。

「んんんぅ、いたあぁいぃ」

イヤイヤするように首を横に振るけれど、そんな仕草が可愛くて、欲望が湧《わ》き上がってきてしまう。

「もう少し、頑張って。ほら、こっちもいじってあげる」

ぐりぐりと自身を押し込みながら、上部の突起《とっき》をいじると、中がうねって熱くなり、愛液が溢《あふ》れ出してくる。

「ふっ……んぅ？　んぁっ……」

どうやら、こうしたほうが辛くないようだ。

「いい子だ。そう。気持ちいいだろ？　……可愛い顔」

夕夏が痛さに閉じていた目をうっすらと開けて俺を見た。

突起《とっき》をいじる手の速度を上げると、「あっ、あっ」と小さく喘《あえ》ぎ声を上げ始める。

同時に夕夏の中が柔《やわ》らかく解《ほぐ》れて、俺を中へと誘い込もうと動き出す。

「ああ、気持ちいい。すっげ……イキそうだ」

快感を逃すために息を吐くと、その姿を見上げている夕夏が、ぴくんと反応した。

……思わず、笑みがこぼれる。

どうやら、俺の気持ちよさそうな顔を見て、そういう気分が増幅されたようだ。

「なに？　俺の顔見て、感じちゃったの？」

「あ、やんっ……！　だってっ……」

否定することすら思いつかないほどに慌てて、夕夏は俺の胸に顔を埋《うず》める。

「私だけじゃなくて、隼さんも気持ちいいんだなって思ったら……っん、あぁっ」

「──なに、その可愛い理由」

夕夏は俺を、おかしくさせる気だろうか。

夕夏をぐちゃぐちゃに蕩《とろ》かして、一日中、毎日でも愛し続けたい。

とりあえずは──今、この瞬間。

「夕夏……ごめん。もう、優しくできないみたい」

俺自身を、一気に中へと押し込んだ。

「ひゃあああぁっ」

夕夏が悲鳴のような声を上げるけれど、一気にやってしまわなければ、俺が先に果ててしまいそうだった。

「ふっ……う、んぁ」

苦しそうにする夕夏を宥《なだ》めつつ、俺も苦しくて息を吐いた。

「隼……さん、苦しい？」

情けないことに、夕夏に気遣われてしまった。苦笑しながら俺は頷《うなず》く。

「気持ちよすぎて、耐えるのに必死なだけ」

今も、夕夏が身じろぎするたびに、彼女の中がうねり、引き込まれそうになる。

夕夏は、多少は快感を感じているようだが、痛みはまだあるだろうから、ゆっくりとしなければならないのに、激しくしたくなってしまう。

自分本位の、欲望を打ちつけるような行為をしてはいけない。

いけない——のだが、我慢するのは辛い。

気を抜けば、少し動くだけでイッてしまいそうなのだ。

耐えていると言った俺の言葉に、夕夏は息を呑んだ。

そして、視線をさまよわせたかと思うと、意を決したように俺を見上げる。

「だっ……大丈夫。はっ、激しくされても、私、大丈夫」

——なんてことを言うんだ。この余裕のない時に。

首を振って窘《たしな》めようとしたら——

「隼さんになら、なにされてもいいから——ぁっ」

必死に耐えていた猛獣に、そんな言葉をかけたらダメだろう——！

そんな言葉は後から伝えるとして、今は、もう夕夏を味わうことしか頭になかった。

思い切り腰を揺らして、夕夏を感じる。

少し引き抜くと、夕夏の中がうごめいて、引き留められているような気分になる。

——柔《やわ》らかい。熱い。気持ちいい。

彼女の内側の襞の一つ一つにまで快感が埋め込まれているようだ。俺自身を搾《しぼ》り取るように絡みついてくる。

「んん、ぁ、はあ……っ」

夕夏の苦しそうな……でも、快感が混じったような声が聞こえる。

ぐちゅぐちゅといやらしい音と、俺の腰を打ちつける音だけが寝室に響く。

涙目の夕夏が俺を見上げる。

ほとんどが痛みで流した涙だろうが、あの中には快感で引き出された涙もあるかもしれない。

そう考えると、快感が背筋を駆《か》け上がってくる。

「大丈夫。幸せにするから」

つぶやいてから、無茶苦茶に動いた。

そして——夕夏のお腹の上に、欲望をすべて吐き出した。

突然、お腹に降り注《そそ》がれた白濁《はくだく》液を見て、夕夏は目を丸くする。

荒い息のまま夕夏の上に覆《おお》いかぶさり、ぐちゃぐちゃになった体は、後で二人で風呂に入って綺麗《きれい》にしようと思った。

夕夏を抱きしめながら、これが愛し合うという行為かと、初めて思った。体中が幸せで満ちている。

「は、隼さん……？　これ、これ、なに？」

　夕夏の横に寝そべって腕枕してやると、自分のお腹の上の俺の残滓《ざんし》を指ですくって聞いてくる。

「精液」

　端的《たんてき》すぎる俺の返事に、夕夏は顔を赤くして、つぶやいた。

「ひ、避妊《ひにん》は……？」

「最中に、ゴムがないことに気づいたんだけど、もう止まれなかった。それに俺は、もう一生夕夏を手放す気はないから」

　自信を持ってそう言うと、彼女の目が大きく見開かれた。

「そんなの、そんなの……！」

　口をパクパク、手をジタバタさせている。

「夕夏は……そんな軽い気持ちで俺と付き合うつもりだったのか？」

　ちょっとショックを受けながら聞くと――

「そんなわけない！　私だって隼さんと、ずっと……！」

　威勢《いせい》のいい返事だった。

「じゃあ、問題ない」

　満足した俺がそう言うと、夕夏は頭の上にはてなマークを大量に浮かべながらも返事をしてくれた。

「う、うん。じゃあ、いい……のかな？」

その返答にとりあえず満足した俺は、夕夏を強く抱き寄せた。

――人生で初めて、口説いて口説いて、ようやく手に入れたのだ。

夕夏以上の人に出会うはずなんてない。

夕夏はまだ半信半疑な様子だけど、これから心と体に、俺の想いの強さをじっくりと刻みつけてわからせてやるまでだ。

これからの二人の明るく楽しい未来に想いを馳《は》せ、にんまりと笑った。

第二章　熱愛過剰

1

隼さんと恋人同士になって一か月。

男性とお付き合いすること自体が初めてで、戸惑うこともある。でも、相変わらず隼さんは恥《は》ずかしくなるほどに甘い言葉をくれた。

そんな彼と一緒にいることで、私も少しずつ……本当に少しずつだけど、人目を気にしすぎる癖がマイルドになってきている気がする。

もっとも、イケメンな隼さんと一緒に歩いていると、私ではなく彼への周りの女性からの視線がすごい。彼の顔を見てうっとりした後に、私の顔を見てあからさまにガッカリした顔をされたこともある。カフェにいた時に『なんでこんな女が隣に……』という話し声を耳にしてしまったことも。

……私だって、なぜこんな素敵な人が彼氏なの⁉　って、いまだに信じられない。でも、考えても仕方がないことなので、最近では、美人な彼女じゃなくて悪かったですね！

と開き直ることにした。

――以前ほど自意識過剰ではなくなったと思うが、今でも人目を気にしすぎてしまう癖が完全には治っていない。でも、隼さんも『周りの目なんて気にするな』と励ましてくれ、少しずつ克服《こくふく》できていると思いたい。

とりあえず、みんな隼さんを見てるんであって、私なんか眼中《がんちゅう》にないから！　と、自分に言い聞かせて過ごしている。

――まだまだ悩みはあるものの、お付き合いは順調だと思う。毎週のようにデートもしている。

暦《こよみ》はもう八月。お盆休みも間近だ。

隼さんと迎える初めての大型連休に遠出でも……という考えが頭をよぎったけど、お盆は仕事になってしまった。

今日の仕事を終えた私は、帰り支度《じたく》を整えながらデスクの前のカレンダーを見て、そっとため息を吐いた。

私の勤め先は、建築関係の機材を扱う会社。お盆は工事が少ないため忙しくはないけれど、すべてがストップするわけではない。そのため、事務所を空《から》にするわけにはいかなかった。それで、お盆の期間は当番を決めて留守番を務めるのだ。

そんなわけで、お盆が終わった直後に連休をもらった。世間の連休が終わった頃に、ようやく私の夏休みが始まる。

休みはもらえるのだから、いいと言えばいい。とはいえ、時期の違う連休は家族とも友人とも休みがずれてしまう。友人といっても、一緒に遊びに行くのなんか、祐子くらいしかいないから、今までに不都合を感じたことはなかった。でも、今年はちょっと違う。隼さんもお盆時期に休みを取るだろうし、つまらないなぁ。

私は、もう一度ため息を吐いてから気持ちを切り替え、会社を出た。

今日はこれから、隼さんの家でご飯を食べる約束をしている。

いつもは仕事で夜遅くなることが多いから、平日の夜に会えるのは珍しい。その分、休みの日はずっと一緒にいて……隼さんの腕の中からも出してもらえないことが多いのだけど。

今日みたいに、定時で上がった私と隼さんの帰宅時間が合うことは、ほとんどなかった。これから彼のマンション近くのスーパーで買い物をして帰って、手料理を振る舞うことになっている。

――今日は、なにを作ろうかな？　おいしいって言ってくれるかな？

夏休みのことを考えると少し残念だけど、これから彼に会えることが嬉しくて足早に待ち合わせ場所へと向かった。

「夕夏はお盆休み、実家に帰るの？」

食事を終え、二人で食器を洗っている時に夏休みの話になった。

そういえば、お互いのお盆の予定を話したことはなかった。

「ううん。私の休みはお盆の後でね、家族と休みが合わないから、帰らない」

私の言葉に、隼さんはお椀を拭《ふ》いていた手を止めて目を丸くする。

「夕夏の夏休みって、お盆じゃないの⁉」

普段は土日祝日がきっかり休みな私なので、当然夏休みもお盆時期に取るものだと思っていたのだろう。

「うん。毎年お盆は仕事なの」

私がため息混じりにつぶやくと、隼さんは眉尻を下げて言う。

「俺の休みは、お盆だ……」

夏休みの休暇申請を出す時期には、私たちはまだ付き合っていなかったのだから仕方ない。

彼がこんな風に、残念がってくれているだけでも嬉しかった。

隼さんはいまだ「そうか……」と、残念そうな声を出している。

そんな彼に微笑《ほほえ》み返して、私は食器を洗い終えてお湯を止めた。

すると、それを見計らったように、私のスマホが着信音を響かせる。

拭《ふ》き終わった食器を棚《たな》に戻している隼さんに「ごめん」と目で合図をしてスマホを持ち上げた。

「もしもし」

『やっほ～。一緒に夏休みの計画を立てようよ！』

電話の向こうから聞こえてきたのは、楽しそうな祐子の声だった。

「誘いは嬉しいけど、私の休みはお盆時期じゃないから、都合が合わないかも」

『大丈夫～。去年は夕夏とは夏休みが合わなくて遊べなかったけど、今年は私が合わせたから』

そういえば、ずいぶん前に祐子に休みの日程を聞かれていた。

その時は、ただの世間話だと思っていたのに、わざわざ休みを合わせてくれていたことに胸が弾む。

私が電話している間に、隼さんはリビングのソファのほうへ移動していた。私も同じくソファへと向かう。

そして、座って計画を立てようとしたところで、祐子がさらに言った。

『一泊で旅行に行かない？』

「旅行？　結婚したばかりなのに、私と遊んでていいの？」

つい先日、入籍したと祐子から聞いたばかりだ。結婚式は、康司さんのお家の関係で盛大にしなくちゃいけないからまだ先とも言っていたけど、準備はいいのだろうか。

『いいに決まってるじゃない！　夕夏と一緒に夏を満喫したいのよ』

「そういうことなら……。どこに行くの？」

旅行なんて、家族以外と行ったことがない。祐子の言葉に胸がドキドキしてきた。

『夏といったら海よ！　康司がいいとこ知ってるらしいの』

「海！」

思わず、高い声を出してしまった。

海なんて、小学生の頃に行ったきりだ。

人目が気になり水着になる勇気もなかったし、プールにさえ行っていない。

逸《はや》る胸を押さえてどうしようかと思いながら、ソファに並んで座った。

彼はなぜか気に入らなそうに眉間《みけん》にしわを寄せていた。

「康司さんも一緒に行くの？」

『誘ってるけど、まだ確定じゃないの。仕事の予定がわからないって。でも、みんなで行けたら楽しいよね！』

——そうだね！

と、返事をしようとしたのに、祐子の言葉が終わる前にスマホを隼さんに取り上げられてしまった。

驚いて声も出せずに隣を見上げる。しかし、そんな私を無視して、隼さんはさっさとスマホを耳に押し当てて

「また話し合って決めてから返事する」

と言って、勝手に切ってしまった。

「隼さん!?」

その暴挙《ぼうきょ》に驚いてスマホを奪い返すと、不機嫌そうな顔で私を見てくる。

――さっきまで仲良く食事をしていたよね？

いきなり不機嫌な態度を取られた理由がわからなくて、首を傾《かし》げた。

「俺を置いて海に行く気？」

目を細めてこちらを見てくる表情が怖い。

でも隼さんはその時、仕事があるのだから、置いていくわけじゃない。

「置いてなんていかない、ただ予定が合わないだけ！　海なんてしばらく行ってないし、誘われて嬉しいなって」

――そんな風に前向きに考えられるようになったのは、隼さんと付き合い始めてからだ。

海のような人ごみなんて、一番苦手な場所だった。まして、人前で水着になるなんてとんでもないと思っていた。

だけど、最近は少しずつ人の視線が気にならなくなってきた自分がいる。それが、なんだかくすぐったい。

そう思って一人でクスクス笑っていると、ひょいと体を持ち上げられて、隼さんの脚の間に座らされた。逞《たくま》しい腕は、お腹の辺りにがっちりと回されている。

──よかった、機嫌が直ったみたい。

ホッとして振り返った私が見たのは、眉間《みけん》のしわをさらに深くした隼さんだった。

「海に行くって、俺以外の奴に水着姿を晒《さら》すつもり？　しかも、俺がいない場で」

──晒《さら》すって表現はおかしくないかな⁉

気に入らない様子でこちらを睨《にら》みつける隼さんに、私は慌てて手を振りながら言った。

「一緒に行くのは祐子だよ。あとは、いるとしても康司さん。ラブラブ新婚夫婦は、私がどんな水着を着ても興味な……痛い痛い！」

いきなり腕の力が強まって、羽交《はが》い締《じ》めにされてしまう。

「康司たちが興味なくても、海には他にもたくさんの男がいるだろ！　絶対に夕夏の水着姿をじっと眺《なが》める男がいる」

断言する隼さんに、私は呆《あき》れてしまう。

──そんな男性、いるわけない。隼さんが海に行ったら、大勢の女性の視線を独占するだろうけど。彼は時々、自信過剰とも思える発言をするけど、こういうのを聞くと、自分のことがまったくわかってないと思う。

「見知らぬ男どもが夕夏の水着姿を見るのに、俺が見られないって、どういうこと?　夕夏のあられもな……」

「くないから!」

すかさず、ツッコミを入れてしまった。そんな私を、隼さんはジト目で見る。

「どうだか。試しにどんな水着で行くのか見せてみろ」

「水着なんて、体育の授業以外で着たことないよ。だから、海に行くとしたら、これから買うし!」

「買う……?」

つぶやいた後、黙り込んでしまう。なにかを考えているようだけど、急にどうしたって言うんだろう。

首を傾《かし》げながらも、私は夏休みの予定が決まったことに浮かれていた。

――友達と海。それも泊まりがけで。

そんなこと、したことがなかった。

どんな水着を買おうかな、と想像が膨《ふく》らむ。

肌の露出が多いのは無理だけど、パレオを巻けば恥《は》ずかしくないかも。

わくわくしながらいろいろ考えていると、隼さんが私をぎゅっと抱きしめて言った。

「俺が一緒に行く」

水着に思いを馳《は》せていたので反応が遅れた。

「え、どこに？」

振り返って見ると、きりっとした顔つきで彼は言う。

「水着を買いに行くのも、海も、俺が一緒に行く」

そう宣言して、険《けわ》しい顔でスケジュールを確認し始める。

——この時の私は、楽しい夏休みの計画に浮かれていて、気づいていなかった。

隼さんが今『水着を買いに行くのも、海も、俺も一緒に行く』ではなく、『俺が一緒に』と言ったことに……

◇◆◇

——最近、俺に対する社内の風当たりが強い。

自分の仕事机の上の資料の山を見て、ため息を吐いた。

理由はわかっている。一昨日《おととい》、夕夏の夏休みの予定を聞いた俺が、急遽《きゅうきょ》休暇の日程を変更したからだ。もちろん、愛する彼女の休みに合わせて。

それだけでもきついことなのに、俺が休みを取りたい時期は、康司の希望とかぶっている。康司の嫁の祐子ちゃんが、夕夏と合わせて休みを取っているのだから当然だが。

そんなわけで、今日は朝から営業一課の雰囲気はピリピリしていた。

その空気に気づきつつも、素知《そし》らぬふりをして康司に書類を提出する。

「確認、お願いします」

「書類の件はわかった。……だが、なぜ今さら休みの予定を変更した⁉　お前のせいで、俺の休みが危《あや》うくなっているんだ」

「お前たち夫婦が、夕夏を誘って海に行こうとしたのが悪い」

「誘ったのは祐子だ。俺だって、祐子と二人きりのほうがいい」

「祐子ちゃんが夕夏を誘ったのは、お前の予定が読めないからだろ？　旅行の計画は立てたものの、もしかしたら流れるかも、と心配した祐子ちゃんが、夕夏に声をかけたんだろうから。つまり、お前のせいだ」

康司は一瞬睨《にら》んできたが、すぐに別の奴に呼ばれていってしまった。

今日の康司は、これから立て続けに社内で会議があり、その後は取引先を訪問することになっている。

そんなことを考えていたら、俺も部下に呼ばれた。

自分も会議が詰まっている。お盆に向けて、ただでさえ忙しかったところを予定変更したことにより、さらに忙しくなったのだ。

今日から休暇までの間、残業続きになるだろうが仕方ない。休日も出勤しなければいけない日が多くなるだろう。デートもしばらくおあずけだ。

この調子では、水着を一緒に買いに行くのは無理かもしれない。

しかし、夕夏が学生以来初めて水着を身につける場に居合わせられない事態は、なんとしてでも免《まぬが》れなければ。俺がいないところで、他の男どものスケベな視線に晒《さら》されるなんて許せん。

夕夏と海に行くために、なにがなんでも仕事を片付けるぞ。

俺は気合いを入れ直し、会議室へと向う。

——俺ならできる！　俺はできる男だ!!

◇◆◇

夕夏と断固海に行く。その誓《ちか》いを胸に、猛然《もうぜん》と仕事に励むこと一週間。

明日からいよいよ連休がやってくる。

休みの予定を変更してからは、睡眠時間も、夕夏に会う時間さえも削《けず》って、働き詰めの毎日だった。そうしてどうにか、明日からの休みをもぎ取ったのである。

今しがた完成させたばかりの書類を康司に渡す。これをチェックしてもらえば、休み前の仕事は終わりだ。

「康司、頼む」

お盆期間中のため、俺と康司以外の社員は皆、休みを取っているので言葉遣いに気を配る必要もない。

明日からの夕夏と過ごす楽しい休暇に思いを馳《は》せていると、書類に目を通し終わったらしい康司が、確認印を押した。

「終わった～～」

よれよれ、という言葉がこれほど似合う男もいないだろう。

休み前の康司の仕事も、これで終わりだったようだ。

「お互い、ここのところずっと忙しかったな。これでようやく楽しい休みだ」

労《ねぎら》いの言葉をかけるが、康司は渋い顔をしながら帰り支度《じたく》を整えている。

そうして、「俺は今から、祐子の実家に盆の挨拶《あいさつ》だ」と俺を睨《にら》みつけるのも忘れずに帰っていった。

――結婚すると、いろいろ大変なんだな、うん。

俺もそそくさと身支度《みじたく》を整え、フロアを後にする。腕時計を確認すると、時刻はまだ四時半。夕夏はまだ仕事中だろうか。お盆中は留守番が主な仕事だと言っていたし、もしかしたら早く終わっているかも。

ここ最近、ほとんど睡眠も取れておらず眠いが、喜び勇《いさ》んで夕夏に電話した。

「休みが取れた！　行くぞ、海！」

『本当!?　いいの？　いいの？　うわぁ……』

嬉しそうな声の後に続いた言葉が、ふいに途切れた。

「夕夏？」

呼びかけると、小さく『あっ』と驚くような声がして、夕夏の声がしっかりと聞こえた。

どうやら電波が悪かったわけではないらしい。感慨《かんがい》に耽《ふけ》っていた、という感じだった。

『えへへ。なんか、嬉しすぎて言葉が出なかった。嬉しい。すごく嬉しい』

……なんて可愛いんだ。

「明日の朝迎えに行こうかと思ってたけど予定変更。今から、抱きしめに行くから」

――よし、今日は夕夏の家に泊まろう。

『え、ちょ!?　ここのところずっと忙しいって言ってたし、昨日もあんまり寝てないんでしょ？』

「そうだけど、夕夏を抱いて寝るから大丈夫」

慌てる夕夏の声を聞きながら、さっさと電話を終了させた。そうして、急いで会社の駐車場に向かい、車に乗り込む。

旅行の準備は、すでに済ませて車に積んである。

――俺はできる男だ！

と、思っていたけれど、もう一度電話がかかってきて……

『隼さん、もう会社を出ちゃった!?　私まだ職場だから、帰ったら電話する』

と言われた。

就業中、いつもは電話に出ない夕夏だが、どうやら今日はお盆期間で事務所に一人だから私用の電話が取れたらしい。

夕夏の事情も構わず、楽しみすぎて先走ってしまったようだ。思えば今まで、こんな風に誰かとの約束を楽しみにしたことはなかった。どうしようもないくらい、夕夏にハマっている。

夕夏の仕事が終わるまでどうしようかと逡巡《しゅんじゅん》した後、やっぱり車のエンジンをかけた。

……まあいいか、このまま夕夏の家に行って待っていよう。

◇◆◇

『もうすぐ帰るよ』

隼さんからの電話を受けた一時間後――きっかり定時に仕事を終え、そうメールした。

しかし、彼からの返事はなかった。すごく疲れているようだったし、帰って寝ているしい。

のかもしれない。

今日会えないのは少し残念だけど、明日からは楽しい旅行だ。少しでも体を休めてほしい。

——隼さんは明日からの旅行のために予定を空《あ》けておいて、と言ってくれていたけど、どうなるかわからないと思っていた。

だから、余計に嬉しい。さっきの電話を思い出し、自然と頬《ほお》が綻《ほころ》んでしまう。

急な話だったから、休みを合わせるのは八割方無理だと諦《あきら》めていた。

…………いや、諦《あきら》めたふりを、していた。

——本当は先週末も会う約束をしていたけど、隼さんの仕事でダメになっていたのだ。

『ごめん……明日も仕事に行かなきゃならない』

約束していた日の前日に、そうやって電話があった時、私は努めて明るく『体に気をつけてね』とだけ返した。すると聞こえたのは、不満そうな声。

『——「頑張れ」って言って』

思わず、言葉に詰まった。そんなことを言ったら、隼さんのプレッシャーになると思っていたから。

『そんな風に、しょうがないと思って諦《あきら》めないで。俺にもっと、たくさん期待していて。夏休みの海旅行のことも……もしも、もしもダメだったら、怒ってくれていいから。笑って許してもらうより、「行きたかったのに！」って、泣いて責められたい』

――そのほうが、夕夏の愛を感じる。

怒ったような声で続けられて、顔に熱が集まった。

私の弱さも狡《ずる》さも全部、甘い言葉で包み込んで、くるんと呑み込んでしまう隼さんは、すごい。

『うん、すごく楽しみにしてる』

だからその時も、素直に言葉にできたのである。

すると隼さんは、笑って『頑張ってくる』と言った。

そして彼は今日、目一杯期待して待っていた私との約束を、宣言通りに叶《かな》えてくれた。

――嬉しくて、嬉しくて、どうにかなってしまいそう。

しばらくはすれ違いの日々で寂しかったけど、明日からは楽しい旅行！

四六時中一緒にいられる上に、今回は祐子たち夫婦も一緒でワイワイ楽しく過ごせそう。

私は、足取り軽く家路《いえじ》を急いだ。

アパートの前まで着くと、駐車場に隼さんの車があった。

――隼さん、こっちに帰ってきたのか……

そう考えて、彼が自分の家にくることを「帰る」なんて自然に表現した自分が照れくさくなる。

付き合い始めて少し経った頃に、お互いの家の合鍵を渡し合っていた。仕事の終わる時間が合わず、平日に外で待ち合わせするのは難しいからだ。

私はほとんど毎日定時で上がれるのに対し、隼さんは残業する日も多い。普段は私が隼さんのマンションに先に帰り、ご飯を作って待っていたりする。彼が私の家に先に着いて待っているのは、かなり珍しい。

自分の部屋がある階に着いて玄関ドアを開ける。室内は少し涼しくて、でも、明かりはついていなかった。

リビングを覗《のぞ》くと、ソファに横になって寝ている隼さんがいた。

スーツもYシャツも脱ぎ散らかして、下着だけの姿だ。

うちのお父さんがしていたら、だらしないと感じるような格好だけど、穏やかに寝息を立てるその姿は、見惚《みと》れるほど格好いい。

少し伸びてきた前髪が目元にかかっている。形のいい唇や端整《たんせい》な顎《あご》のラインに、うっとりしてしまう。

手足が長く適度に筋肉質な体は、ソファの上では居心地が悪そうだ。

角ばった手を片方だけ頭のうしろに添えているポーズが、なんだか妙にセクシーでドキドキしてしまった。

――一瞬、起こそうかと思ったけれど、やめた。

本当はベッドに移動させて、ゆっくり寝かせてあげたいけど、私一人の力で大の男を持ち上げることはできそうにない。

かと言って、声をかければ目を覚ました後、私と話をしたりと気を使わせてしまう気がする。

待っている間に寝入ってしまうくらいに疲れているのだから、少しでもたくさん休んでほしい。

彼を起こさないように、そっと食事をして、寝る準備を整える。

旅行の準備はもうできていた。

楽しみで、ずいぶん前に用意して、玄関の脇に置いておいたのだ。

よく見ると、私の旅行鞄《かばん》の隣に隼さんの旅行鞄《かばん》が増えていた。彼もすでに、準備万端《ばんたん》のようだ。それだけで嬉しくて、ふふっと、一人で笑ってしまう。

少しでも隼さんの傍にいたくて、私もリビングに布団を敷き、早々に寝ることにした。

「――なんで、もう朝なんだ」

翌朝、目を覚ました隼さんは、ものすごく不満そうだった。

「え、なんでだろ？」

私が起こさなかったからなんだけれど、とぼけてみせる。

「昨日のうちに夕夏にキスマークをたっぷりつける予定だったのに……！　それで今日、海で水着姿になった夕夏が、『キスマークが見えちゃう』って恥《は》ずかしがる姿を眺《なが》めて楽しむつもりだったのに！」

——そんな予定は却下《きやっか》です！

一瞬で顔に熱が集まって、隼さんを叩いてから、朝ご飯の準備をした。

二人で揃《そろ》って食べて、手早く片付け、家を出る。

駐車場に停めてある、隼さんの車へと向かいながら歩いていると、不満そうに彼が言った。

「夕夏の水着姿、本番前に見ておくつもりだったのに」

……本番前、って！　どうしてそんな表現するの⁉　なんか、いやらしい。

ここ最近は、隼さんが忙しすぎて、結局水着を一緒に買いに行くことはできなかった。ものすごく悔《くや》しがる隼さんを宥《なだ》めて祐子と一緒に買いに行ったのだ。

隼さんと行くのもいいなと、ちょっと思ったけれど、祐子と一緒に行って選ぶのは楽しかった。

実は、祐子と色違いで、ちょっと大胆《だいたん》なデザインのものを選んだ。一人じゃ恥《は》ずかしくて着れそうにないけど、二人ならきっと大丈夫！　……隼さん、どんな反応するだろう。楽しみ。

そんなことを考えて赤くなった顔を誤魔化《ごまか》しながら、隼さんが運転する車に乗り込んだ。


——走ること三十分。

「あれ、祐子たちとは、どこで合流するの？」

さっさと高速に乗ってしまったので、不思議に思って聞くと——

「二人きりで行くに決まってる。康司なんか、いてたまるか」

しばらく、言われたことの意味を理解できなかった。

「ええ!?　一緒に行こうって言ってたのに！」

「祐子ちゃんも、今頃そう言っているはずだ。だが、二人きり以上に楽しいことはない」

言い切る隼さんを呆然《ぼうぜん》と見遣《みや》る。

「泊まるところは、どうするの……？」

祐子が『任せて！』と言ってくれたので、図々《ずうずう》しくもすべて任せてしまっていた。

「向こうは、康司の別荘、だったかな？　こっちは、ホテルを取ってる」

とりあえず、泊まる場所が確保されていると知り、ホッとする。

お盆を過ぎたとはいえ、夏休みだ。旅行客が多いだろうし、予約なしで泊まれるようなホテルはないだろう。

最悪、予約のいらないラブホテルに飛び込みで……という考えが、一瞬頭をよぎっていた。

「夕夏、恋人との初めての旅行で、さすがにラブホはないよ」

そう言った彼の目は、サングラスをかけているので見えないが、明らかに面白がっているだろう。からかいを含んだ声だった。

「そ、そんなこと言ってないでしょ！」

「表情でわかる」

――運転してるから、こっちなんて見てないくせになんでわかるの！

だけど、きっとわかってしまっているのだろう。なにせ、隼さんは私のことを私以上によく知っている。

「ホテルってどんなとこ？」

「着いてのお楽しみ」

隼さんは上機嫌で鼻歌を歌っている。今ここで、答える気はないらしい。

気になることは気になるが、教えてもらえないんじゃ仕方ない。聞き出すのは諦《あきら》めて、
私も想定外の二人旅を楽しむことに決めた。

――祐子も、今頃、旅行に向かっているのかな。

旅行に一緒に行きたかった気持ちはあるけれど、また今度行ければいいなと思った。

そして、一緒に買った水着もその時に……水着………？

「ああ！」

「どうした？」

「み、水着がっ……！」

とんでもないことを思い出してしまった。慌てる私に隼さんは苦笑しながら聞いてくる。

「祐子ちゃんに預《あず》けてるとか？」

「違うけど、違う、けど……っ！」

──あんな水着、一人じゃ着る勇気がない！

今日の私は赤くなったり青くなったり忙しい。一気に頭の中が真っ白になる。

「祐子と一緒に着るからって、ちょっと、大胆《だいたん》なの買っちゃった……」

一緒に買い物に行った時、祐子はその水着を見つけて『可愛い！』と叫び即決した。

そして、私にも『絶対似合うから！　色違いのお揃《そろ》いで着ようよ』と薦《すす》めてきたのだ。

たしかに素敵だったから、ちょっと大胆《だいたん》なデザインだけど、二人で着るなら恥《は》ずかしくないかも、と思った。

……思ってしまった。

「どうしよう……隼さん、どこかで――」

水着を買い直させて。

そう続けようと思ったのに……

「無理だな」

彼は真面目な顔で言った。

「え？」

「俺が、その大胆《だいたん》なのを見たいから、無理だな！」

「どこかに寄ってよぉ～～～！」

本気で涙声が出たが、まったく気にしてもらえなかった。


そして一時間後。無情にも、目的の海水浴場に到着してしまった。

私は更衣室に入ったきり、まだ着替えられずに悩んでいる。

――祐子に預《あず》けてて、手元にないことにすればよかった。

咄嗟《とっさ》の機転をきかせられなかった自分を呪《のろ》いたい。

今来ている海水浴場近くの海の家にだって、水着は売っている。けれど、そっちに行こうとしたら、『夕夏は、俺のお願いを聞いてくれないの？』と悲しそうに言われてしまった。

そんな表情は、わざとだってわかってる！　わかってるけど、私は隼さんの愁《うれ》いを含んだ表情に弱い……っ！

本当に――イケメンはズルいと思う。

祐子と一緒に買った水着を目の前に広げて、ここまできたら着るしかないと思う。ため息を一つ吐いて、私はようやく水着に着替えた。

浜辺に行くと、隼さんは――女性に囲まれていた。

すでに水着に着替え終えた彼は、パラソルの下に置かれたデッキチェアに座っている。状況から察するに、一人で準備をしている間に、人だかりができてしまった、という感じだ。

女性たちは口々に、「どこから来たんですか？」とか「あっちで一緒にビーチバレーしませんか？」と声をかけている。

そんな彼女たちに隼さんは、特になにを話してるってわけでもない。ただ少し、薄く笑みを浮かべているだけ。

――困ってるの？　嬉しいの？

彼の感情がわからない。でも、笑っているということは、少なくとも迷惑には思っていないんじゃないかという気がした。

こういう時に、隼さんと自分の違いを強く感じる。彼の隣に、自分なんかがいていいのか？　という自信のなさが湧《わ》き上がってくる。

途端に、自分の格好が恥《は》ずかしくなって、肩から斜めにかけているパレオの裾《すそ》を握《にぎ》りしめた。

祐子もいなくて、周りには知らない人がたくさんいて、隼さんも綺麗《きれい》な人たちに囲まれていて。

急に心細くなって、更衣室に戻ろうかと思った。

くるりと踵《きびす》を返し、一歩踏み出した時——ポンポンと肩を叩かれた。

◇◆◇

夕夏より先に着替えを終えた俺は、砂浜で準備を始めた。

水着になるのをずいぶん恥《は》ずかしがっていたから、心の準備とかなにやら、きっと時間がかかると思ったからだ。その旨《むね》をメールして、先に浜辺へと向かったのである。

俺が場所を確保したのは、宿泊予定のホテル利用者が優先的に使える、半プライベートビーチ。ホテルにチェックインできるのは三十分後からだが、この場所はもう使えるらしい。そのため、ホテルの駐車場に車を停め、直接この浜辺へ来た。

準備と言っても、パラソルやデッキチェアはすでに用意されているので、傘を開いて、荷物を置いたり、タオルや日焼け止めを出したりする程度だ。すぐに場所を整え終え、デッキチェアに寝そべって、夕夏の水着はどんなものだろうと想像しながら彼女を待った。

――夕夏が、一人じゃ着れないと言うくらいだ。さぞかし大胆《だいたん》なはず。やった！　さすが祐子ちゃん！

どんな水着かな～。ビキニかな。ワンピース型かな。ワンピース型は体形がモロに出て誤魔化《ごまか》しがきかないから、それもいい。ああ、でもスポーツタイプで、ヒップハングの、お尻の割れ目が見えるか見えないかのギリギリまでしか布がないやつも捨てがたいな。まあ、夕夏が着れば、どれも可愛いだろう。すっげ、楽しみだ。

ニタニタと、夕夏の水着を想像しながら待っていた。その間に数人の女性から声をかけられたが無視する。こういうのは、まったく反応しなければ居座ることはない。

――しかし、遅い。

まだかな～と、更衣室の方向を見た。

その時、俺の目に飛び込んできたのは――数人の男性グループに囲まれた夕夏だった。

夕夏はなにかを話し、首を横に振っている。

……俺より先に、夕夏の水着姿を見やがって。

おもむろに立ち上がると、周りで女性たちが「どこ行くの？」と聞いてきたが、無視して夕夏のところへ向かった。


「ねえ、女の子同士で来てるんでしょ？　友達はどこ？　一緒に遊ぼうよ」

「向こうにさ、いい場所確保してんだよ」

夕夏は、黙って俯《うつむ》いたまま、ふるふると首を横に振っていた。

「夕夏」

声をかけると、驚いたように振り返って……一瞬、俺に対して怒っているような表情をした後、泣きそうな顔をした。

……なんで怒ってるんだ？

不思議に思いながらも、男どもを牽制《けんせい》する。

「夕夏、場所がわからなかった？　すぐそこのパラソルだよ」

地元民であろう男たちは、舌打ちをしてすぐに去っていった。

俺が場所を確保してあるところは、ホテルが管理しているエリア。そのため従業員も近くにたくさんいる。騒ぎを起こすのは、得策でないと判断したようだ。

無駄な争いをせずに済んでよかった。

「夕夏、こっちおいで」

手を取ると、強く握《にぎ》りしめられた。さらには、反対側の手で俺の腕に縋《すが》りついてくる。

「怖かった?」

そう聞くと、不思議そうに首を傾《かし》げた。

「なにが?」

……さっき、泣きそうな顔をしてたのは、男に囲まれたのが怖かったからじゃないのか?

とりあえず、それならよかったのだが、その前に一瞬、怒ったような顔をしたのはなぜだろう。夕夏の心情がよくわからない。

ともあれ、ナンパ男たちがうじゃうじゃいるようなこの場所に、これ以上、水着姿の彼女をいさせたくなかった。

理由は後で聞こうと思い、夕夏の手を引いてパラソルのところへ連れていく。

そして、夕夏をデッキチェアに座らせると、おもむろに「日焼け止めを塗《ぬ》ってやる」と提案した。

すかさず、その長ったらしいパレオを取るように指示する。

夕夏はロングのパレオを肩口で結んで羽織《はお》っており、膝《ひざ》のすぐ上くらいまで隠れている。そのため、どんなものを着ているのかさえわからない。

「日焼け止めが、なんで三つもあるの」

俺が下心丸出しで用意しておいた日焼け止めを見て、夕夏はまたムッとした表情になる。今日の彼女は怒りっぽい気がするが、なぜだろう。

「重ね塗《ぬ》りが有効らしいよ」

「さっきの人たちに聞いたの？」

……さっきの人たち？

ますます不機嫌さを深めた顔で言われるが、わけがわからない。

「女の人たちと一緒にいたでしょ！」

…………

「いや？　一人で夕夏を待ってた」

「でも、女の人たちに囲まれてた！　それで、ニヤニヤしてたもの！」

……彼女の不機嫌の理由が、わかったかもしれない。

もしかして――ヤキモチを焼いてくれてるってことか？

「ニヤニヤはしてた。夕夏の水着を想像して。早く水着が見たい」

――だから、パレオ取って？

そう続けると、真っ赤な顔になって、「あんな大勢の女性に囲まれてたのに、平然としちゃって。これだからイケメンは」とかなんとか、ブツブツ言っているが、機嫌は直ったようだ。さっきまで強張《こわば》っていた表情が解《ほぐ》れた感じがする。

――パレオは、俺が脱がしてしまおう。

パレオをひょいとつまんで剥《は》ぎ取ると、「手際《てぎわ》がよすぎる！」と、また文句を言われた。

なにを今さら。

現れた水着は、黒だった。

上は、よくあるビキニの形で、下はテニスのスコートのようなもの。レースのスコートの下は、どうなってるんだ……？　と目を凝《こ》らすと、腰の辺りにゴム紐《ひも》のようなものを巻いているのに気づいた。

「これ、なに？」

「ひゃあ！　触らないで！」

夕夏が動いた弾みで、俺が触っていたゴム紐《ひも》が、少し上がる。すると、ゴム紐《ひも》のすぐ下に、水着と同じ材質の布がくっ付いているのに気づいた。

「下……Tバックなの？」

ごくりと喉《のど》が鳴った。Tバックの紐《ひも》から目が離せない。

「う、うう……。そうなの」

真っ赤になって、モジモジする姿も堪《たま》らない……！

「やばい、夕夏」

「なにが？」

反応した」

「自力で治めて！」

間髪《かんはつ》容《い》れずに言われた。ひどいや、夕夏。

「こんな扇情的《せんじょうてき》なのに？　無理だよ」

「でも、でも！　黒だもの！」

──『だもの』と言われても、どういう理屈《りくつ》だ。

立ち上がって俺から離れ、手を広げて弁解している。でも、そんなことされたら、水着がよく見えて、さらにヤバい。

…………す～っげ、可愛い上に、エロい。

「祐子は白なの。さすがに白は恥《は》ずかしいから、地味な色にしたよ」

──地味って。……黒いレースはセクシーでエロいって、気づいてないのか。

「可愛いよ、夕夏。すごく似合う」

そう言ってにっこり笑っておいでおいでですると、ホッとした顔で寄ってくる。そんな彼女の両手を片手で捕まえて、さらにもう片方の手で腰を抱き寄せる。これで抵抗できまい。

「隼さん!?」

暴《あば》れる夕夏を抱きしめて、スコートをめくって覗《のぞ》き込むと……たしかにTバックだ。

白いお尻が見えた。

げんこつをもらったが、もう治まらない。

「夕夏」

できる限り、きりっとした顔を心掛けた。

「なにする気？」

おびえられた。……まあ、そうだろう。脚に押し当てているアレの硬さに、気がつかないわけがないよな。

「お、そろそろチェックインできる時間だ。海で泳ぐのは後にして、まずホテルの部屋に入ろう」

大げさに時計を確認して宣言する。

「えー!?　せっかく着替えたのに！」

「水着のままで部屋の中まで行けるホテルだ。……俺も水着でイキたい」

「下品！」

和ませるためのダジャレは不評だった。

しかし気にせず、腰を抱き寄せてささやく。

「泳いでいる最中に襲われるのと、どっちがいい？」

すごくおびえられた。

……さすがに、同意を得られない場合は、最後まではしないよ？　いくら俺でも。夫婦でも強姦ってのは成り立つらしいし。

可愛い夕夏にそんなことはしないと言うも、信用がないらしい。

——おかしいな？

今まで、無理矢理したことはなかったと思うんだが。お願いは、いっぱいしてるけど。

首を捻《ひね》りつつも、夕夏に歩くよう促《うなが》したら足を動かしてくれる。

だから、「愛してる」とささやいて、ホテルへ向かった。

◇　◆　◇

浜辺からホテルに歩いている間中、隼さんは上機嫌だった。

もちろん、ホテルに入り、チェックインを済ませ、部屋へと向かっている今も。

——どうしたらいいんだろう、この変態モード。

パレオもなしにホテルの中を歩くのは恥《は》ずかしい。

さっき隼さんが言ってたとおり、このホテルは水着のままで浜辺と行き来してもいいようで、それなりに水着の人はいる。が、人は人、自分は自分だ。

隼さんは、デニム柄のようなピタッとした膝《ひざ》上の水着を着て、柔《やわ》らかそうなパーカーを羽織《はお》っている。

……自分だけパーカー着てて、ずるくない!?

「それ、脱いで私にちょうだい！」

そう言うと、驚いたように見下ろされた。

……なに、その反応。

「夕夏は大胆《だいたん》だね。まだロビーだよ。脱がせるのは、もう少し待って？」

無駄に色っぽく言われた。

「違う！」

反論しようとしたところで、エレベーターの扉が目の前で開く。

エレベーターの横に立っていたホテルマンが、さっとボタンを押して頭を下げた。

私たちの部屋番号を告げていないのに、どうして階数がわかったのだろう。不思議に思いながらボタンパネルを見ると、押すところが一つしかない。

「隼さん？」

「なに？」

――人目がなくなったのをいいことに、抱きついてこないでください。

耳を噛むのもダメ！

「このエレベーターは、どこに向かってるの？　そもそも、私たちの部屋って何階なの？」

「二十階だよ。最上階はレストランで、宿泊できる中では一番高いところにある部屋。このエレベーターはフロアに直通なんだ」

へ～、フロア直通のエレベーターなんてあるんだ～。

……

「ここ、宿泊料いくら？」

隼さんは笑顔のまましばらく止まって、私を抱き寄せた。

「夕夏、可愛い。早く抱きたい」

「誤魔化《ごまか》そうとしてるよね!?」

ちょっと！　腰を押しつけてこないで！

「大丈夫。予算内」

「予算っていくら？」

「ああ、もう我慢できない。ここで触ってもいい？」

――ダメに決まってるでしょう!?　それに話を聞いて！

やがて、エレベーターが止まる。目の前には、大きくて立派なドア。

まさか、ワンフロア丸々、私たちが泊まる部屋なんてこと……

青ざめながら隼さんを見ると――

「さすがに、この階に一部屋じゃないよ？」

完全に私の心を読み切って答えてくれた。

だけど、ドアとドアの隙間は広いですね。ってか、見る限り、三つしかないですよ！

すべてがオーシャンビューになっているということだろうか。

がらんとした廊下をきょろきょろ見回していると、ホテルマンと目が合った。

この階専属!?　どれだけ高級なホテルなの!?

恐れ慄《おのの》く私を無視して、隼さんはカードキーを操作していた。

部屋の扉を開けた隼さんは、私を抱えるようにして中に入り込む。

そして、まだドアから数歩しか入っていないところで、私を床に押し倒した。

うつぶせで彼にお尻を突き出すような格好で寝かされて驚く。

隼さんは、私のうしろに座り込んで、お尻だけを掴《つか》んでいる。

「隼さんっ！」

振り返り、責める口調で呼んでも、彼はぺろりと舌なめずりをするだけ。そしてレースのスカートをまくってしまう。

Tバックのショーツが露《あら》わになった。むしろこの体勢では、あそこまで丸見えだ。

「夕夏、可愛い。あぁ、なんてセクシーなんだ」

起き上がろうとする私を制して、彼はお尻を撫《な》で回す。

「や、ぁあん！」

なんと、お尻を舐《な》められた。

「ばかぁ！　なにしてんのっ！」

私が声を上げても、お尻にキスをしたり舐《な》めたりを繰り返される。

Tバックなのでお尻を隠す布がほとんどなく、彼の唇を遮《さえぎ》るものはなにもないのだ。

「はあ……なんていやらしい」

言う合間にも、ずっと舐《な》めてくる。

脚に力が入らない。巧《たく》みな舌遣いに翻弄《ほんろう》され、自分の体が反応を始めていることに気がつく。

腰を少し揺らすだけで、Tバックの紐《ひも》があそこを刺激し、快感を呼び覚ます。普段穿《は》き慣れないものだから、ちょっとの刺激でも反応してしまうのだ。

「夕夏、腰が動いてるよ？」

無意識のうちに、さらなる刺激を求めて動いてしまっていたらしい。

「もう、もうっ！　……や……っ、そんなこと言わないで」

恥《は》ずかしくて声を上げるが、隼さんは素知《そし》らぬ顔でお尻を舐《な》め続けている。

部屋に入っていきなりお尻を舐《な》め始めるなんて、変態としか言いようがない。

「夕夏の口は意地っ張りだけど、体は正直だね」

お尻にふっと息を吹きかけられて、腰が震《ふる》える。

「そんなことない」と言い張りたいのに、隼さんが「そんなはずない」と暴《あば》き出してしまうのだ。

──きっともう、濡《ぬ》れてしまっている。

脚の力も抜けて、上半身がくずおれても、お尻は隼さんに捕まえられたままだ。

その時、突然、Tバックの紐《ひも》をクイッと引かれた。

「は、あん！」

急な刺激に背を反《そ》らして、猫の伸びのような体勢になる。

隼さんにお尻を押しつけるような格好になってしまった。

そんな私の反応を見た隼さんから、含み笑いが漏れる。

振り向いて睨《にら》みつけると、私の視線なんかまったく意に介さず、うっとりと見下ろされた。

「ばかぁ！」

恥《は》ずかしくて、隼さんの手を振り払って部屋の奥までヨタヨタ走っていった。

右にも左にもドアがあって、なにがどこにあるのか、わからない。ただ、入った先が寝室だったりしたら、すごくいい笑顔の隼さんに「嬉しいよ」なんて言われそうで、まっすぐ進むしかできなかった。今の状況でベッドになだれ込んだら、すごいことをされてしまいそう。

入り口付近から少しでも離れ、かつベッドのない場所へ。そう思い、突き進む。あんな入り口の傍で襲われるなんて冗談じゃない。声が外に聞こえてしまったら、どうするんだ。

真っ直ぐに進んだ部屋の奥には、大きな窓ガラス張りのリビングがあった。外には一面、海が広がっている。

太陽の光を反射して、キラキラと輝く水面《みなも》。海よりも薄い青が空を覆《おお》い、その中を真っ白な雲が流れていく。見渡す限りの青に、一瞬、今がどんな状況なのか忘れて見惚《みと》れた。窓に張りついて、夢中で外を眺《なが》める。

「気に入った？」

笑みを含んだ声で聞かれて、うしろから抱きしめられる。振り返って返事をしようとした時に――

「ふぁっ」

真うしろに立った隼さんの指が、ショーツの中に、するりと入り込む。

「こんなことしてるの、忘れるくらいに？」

「ま、待って。だめ……ぁっ！」

隼さんの手が襞をかき分け、すでにぐしょぐしょになってしまっている場所を、さらにかき回す。

花芽をくりっと捏《こ》ねられて、かくんと力が抜けた。

腰を隼さんに支えられ、上半身だけ窓ガラスにもたれるような格好だ。

火照《ほて》った頬《ほお》をガラスに押しつけると、冷たくて気持ちいい。

「だめ？　こんなに濡《ぬ》らして、いやらしい音を立ててるのに？」

ぐしゅっと音を立てて、私の中に隼さんの指が入り込んだ。

わざと音が立つように、隼さんが私の中をかき混ぜる。

「はっ……あぁぁっ、んぁっ、あっ……！」

ぐちゃぐちゃという音と私の喘《あえ》ぎ声が混ざる。

「夕夏、そんなに乱れていいの？　下、見てごらん」

快感に溺《おぼ》れそうになりながら、すぐ下の砂浜に視線をやる。

そこは、海水浴をする人で溢《あふ》れていた。

「あの人たちが見上げたら、俺たちがしてること、見えちゃうかもね？」

「はぁっ……うそ、や、ちょっと待っ……ああっ」

本当にすぐ下が海水浴場だった。

慌てて窓から離れようとする私の腰を、隼さんはぐいと持ち上げる。その反動で、胸まで窓ガラスに押しつけることとなり、身動きが取れなくなってしまう。

私をそんな体勢にした彼は、足元にしゃがみ込んで秘所にキスをする。

「ああ、いいね。やらしい匂いがする」

「そっ、こで、しゃべらないでぇ」

彼の唇の振動や吐く息さえ刺激になって、私は震《ふる》える。

「紐《ひも》、びしょびしょだよ？」

なんで濡《ぬ》れてるかなんて、わかっているくせに「なんでだろうね？」と聞いてくる隼さんが憎《にく》らしい。

「ここから溢《あふ》れてきているみたいだよ」

ショーツの上を一直線に彼の指がたどる。

それだけで、私は期待感で胸が震《ふる》える。

「ああ、もっと溢《あふ》れてきた。舐《な》めてあげよう」

「えっ……や、待って……！」

——ここで⁉

戸惑う私に構わず、舌を伸ばしてくる彼が信じられない。

もうすでに、まったく役に立たないショーツの紐《ひも》をよけて、隼さんの舌が中に潜《もぐ》り込んでくる。

隼さんの息がかかって、ゾワゾワする感覚が背中を走る。

「あっ……はんっ……！　んんぅ」

隼さんは両手で私のお尻をいっぱいに広げて、長い舌で膣内を蹂躪《じゅうりん》する。時折、ずずっと音を立てて吸ったり、襞を甘噛みした。

――眼下に、こんなにたくさんの人がいる場所で。

見上げられたら、私の痴態《ちたい》が見つかってしまうかもしれない。

窓ガラスに上半身を押しつけて喘《あえ》ぐ姿を、見られてしまうかもしれない。

そんなことになったら、私は恥《は》ずかしさでどうにかなってしまいそうだ。

「隼さんっ……！　いや、いやぁ」

か細い声でいやいやと言い首を横に振る私を、隼さんはさらに攻め立てる。

「嫌じゃないだろ？　嘘はいけないよ」

舌が抜かれて、今度は指が入ってくる。

鉤爪《かぎづめ》のように折り曲げられた指が、私のお腹の内側をコリコリと刺激する。

今までの行為で、あまり触られたことがない場所をかき回され、体が跳ねた。

自分でもびっくりするくらい、ぴくんと全身が動いたのだ。

「うあ……？」

全身がびりびりして、軽くイッたかのような体の反応に戸惑ってしまう。

「ここか」

つぶやくような声が聞こえて、お腹の圧迫感が増す。

さらにさっきの場所を執拗《しつよう》に攻め立てられる。

「ひあっ……あぁぁっ、あっあっ……！　ああぅっ」

何度も何度もイカされているみたいに、私の体が震《ふる》える。

声が我慢できない。涙が勝手に流れてくる。

「だめぇ……んっっ、んゃぁっ、だめなのぅ」

「強情だな。もっとして、だろ？」

隼さんの言葉に、私は必死で横に首を振る。

「だめなのっ……んっ、私、こんな状態、他の人に見られたくないっ……！」

ようやく紡《つむ》げた言葉を聞いた彼の指の動きが止まった。

万が一にも、誰かに見られたりするような場所で、これ以上乱れたくない。そういう自分の姿は――大好きな隼さんにだけ見てほしい。

愛撫《あいぶ》に翻弄《ほんろう》されすぎて、窓から体を起こすことも難しい。ガラスに張りついたまま荒い息を吐いていた。

「夕夏」

静かな声に振り返ると、涙で霞《かす》んだ視界に隼さんが映る。

「俺になら、見せてくれる？」

うしろから抱き起こされて、隼さんの腕の中にすっぽり収まった。

私はそのぬくもりにホッとして、こくりと頷《うなず》く。

「うん。隼さんにだけなら、いいよ」

私も彼に抱きつきたくて、くるりと反転して隼さんの首に腕を回した。

すぐにキスをもらって、唇の甘さに夢中になってしまう。

だけど、火照《ほて》った体は、さらに刺激を求めている。私は隼さんの体に自分の体を押しつけてねだった。

「ベッドに行こう」

唇を離した彼に、ひょいと横抱きにされて、ベッドに連れていかれた。

寝室に入ると、カーテンが閉められていて薄暗い。けれど、エアコンはきいているようだ。

その部屋の中央には、何人用かと思うほど大きなベッドが二つ並んでいる。

これは、何サイズって言うのだろう。二つあるってことは、一人用なのだろうけど……大きすぎだ。

そんなことを考えているうちに、ベッドに下ろされる。

すぐに襲い掛かられると思っていたら、隼さんは私をじっくり眺《なが》めていた。

「水着、似合ってるよ。すごく可愛い。立って見せて。もっとよく見たい」

私を見つめる視線に、ドキドキする。

似合う、可愛い、と言われるのは恥《は》ずかしいけど嬉しくて、もっと言ってほしくなる。

隼さんの言葉は、自信を与え、私を変えてくれるから——

彼の言葉に導かれるまま、快感に酔った脚を奮《ふる》い立たせて、ベッドの上で立ち上がった。

ショーツはすでに濡《ぬ》れてしまっていて、肌に貼りつき、襞に食い込んでくる。

わずかに身じろぎした時——クリッと花芽を潰《つぶ》してしまった。

「んっ……！」

思わぬ刺激に小さな声が漏れた。

こういう時、隼さんは嬉々として「えっちだな」と言いながら襲ってくる。だから、今日もそうなると思ったのに、彼は、ベッドから一歩離れて、私を見ているだけだ。

さっきまで、あんなに性急に求めてきたくせに、今は、ただ見ているだけ。

——今の私は、どんな風に見えているんだろう。

熱い視線にさらされて、自分の痴態《ちたい》を想像した。

……眺《なが》められるだけで、じゅく……と、愛液が溢《あふ》れる感触がした。

そんな私には気づいていないのか、隼さんはなおも、視線で体の隅々まで舐《な》めてくる。

まるで全身に触れられているようで、すでにその気になっていた体に熱がこもる。

このままじゃ、脚を伝うほど溢《あふ》れて、彼にバレてしまうかもしれない。

——早く……。触ってほしい。

恥《は》ずかしいよりも欲望が勝っているのに気づき、熱い吐息を落とした。

どんどんと溢《あふ》れ出して垂《た》れてきそうな蜜が恥《は》ずかしくて、脚をこすり合わせた。

「隼さん」

まだ触ってくれないの？　と聞きたくて、彼の名前を呼ぶ。

「なに？」

私の意図に気づいていない様子の優しい声に、それ以上言えなくなった。涙がにじんできたけど、ぐっと歯を噛みしめて耐える。

「夕夏、なにをしてほしい？　ちゃんと言葉でお願いして？」

隼さんが、ぺろっと唇を舐《な》めた。

その舌の赤さに目を奪われて、どこも触られていないのに、体が反応してしまう。

「まったく、夕夏は我慢強いね。ほら、ちゃんとイキたいだろ？　それとも、想像だけでイク？」

――想像なんてしてないもの！　それに、想像だけでなんて、イケるわけがない。

こすり合わせた太腿《ふともも》に、湿った感触がある。

想像だけは無理でも――隼さんの視線だけで、イッてしまうかもしれない。

でも、そんなのは嫌で、私は涙を溜めた目で見つめて懇願《こんがん》する。

「はやとさぁん」

「ふふ。泣いてもダメ。ねえ、ほら、なにをしてほしい？　ちゃんと言葉にして」

触ってもらえなくて、脚から、もう蜜が流れ落ちてきそう。

Tバックの紐《ひも》の食い込みさえも刺激になって、もどかしい。

そうやって、恥《は》ずかしがりながら我慢する私を、隼さんは微笑《ほほえ》んだまま見上げている。

――もう、無理。我慢できない。

恥《は》ずかしさを上回るほど、ほしくて。

レースのスカートを持ち上げた。

こすり合わせていた脚を少しだけ開くと、太腿《ふともも》をなにかが流れていく感触がした。

熱の集まった顔で、泣きそうになりながら、恥《は》ずかしさに身を捩《よじ》りつつ言う。

「舐《な》めて……お願い？」

次の瞬間には、吸い尽くされるかと思った。

「ひぁ、ひゃあぁぁん、はやとさっ、待って、はげしっ……！　あ、ぁあ！」

あっという間に、彼が私に覆《おお》いかぶさってきて、ベッドに沈み込んだ。ほしかった刺激が、充分に与えられた。

ショーツをずらして、秘所を露《あら》わにされる。

「ぐしょぐしょ」

嬉しそうな声で、隼さんの指が入ってきた。

「あぁ、もう準備できてる。俺の指、おいしい？」

「あ、ぁっ！　隼さっ……、ん！」

舌で、敏感《びんかん》な蕾《つぼみ》も同時にいじられ、快感で理性が飛んでいく。

「夕夏、ブラもずらして。おっぱい見せて」

秘所に顔を埋《うず》めたまま、隼さんが言う。

じ、自分でやれと……!?

確認するように隼さんを見ると、見せつけるように舌を出している。そうして、一番敏感《びんかん》なところを、尖《とが》らせた舌でつつかれた。

「んあぁっ」

「ほら。俺、あちこち可愛がるので忙しいんだよ。俺がブラをずらしてもいいけど……指、抜かれたい？」

――意地悪だ。すごーく、意地悪だ。

だけど、今この刺激がなくなったら、私は泣き出してしまいそう。

唇を噛んで、隼さんを睨《にら》みつけてから、ビキニトップを引き上げた。

ぴったりしてる布を無理矢理ぐいっとやると、ぷるんと、胸がこぼれ出る。

「可愛い」

うっとりとつぶやいてから、唇が胸の中心にやってきた。親指ではいまだ、蕾《つぼみ》をいじり続けている。

「んんんっ、あぁ……っ！」

左胸を舌で転がしてから、右側をちゅぱちゅぱ音を立てて舐《な》める。

隼さんの右手が左胸の中心をつまんで、くるくると回し始めた。

「夕夏の蜜だよ。いっぱい出てるよ？」

「ばかあ」

つんと尖《とが》った先端を、彼は見せつけるように舌でくるくると弄《もてあそ》ぶ。微妙な刺激がもどかしくて、背を反《そ》らしてその先端を彼の口に押しつけた。

「ン……。激しくしてほしいの？」

咥《くわ》えたまましゃべられたので、彼の歯が掠《かす》って体が揺れる。

先端をぎゅっと胸の中に押し込まれて、強めの力で揉《も》まれた。いつもなら痛いと感じてしまうくらいの刺激だったけど、今は痛いくらいの力でされたい。

「は、んぅ。あっ……あっ、あん！」

望んだように力を入れてくれる。

だけど、今度は下に刺激がほしくなり、腰を揺らしてしまった。

「夕夏は欲張りだね」

くすくす笑う声がするけれど、だって、我慢できないんだもん。

どこもかしこも触ってほしい。

どこも、気持ちがいい。

――だけど、まだ足りない。一番してほしいところへの刺激が……

「夕夏、大胆《だいたん》だな」

「――え、あっ……!」

言われてパッと隼さんを見ると、足で彼自身を触っていた。

ほしくて、ほしくて、無意識のうちにそれを探してしまっていたようだ。

自分がそんなことをするなんてと、さらに顔に熱が集まる。

「そんなにほしい? じゃあ、入れてあげようね」

秘所に、焼けるような熱いものがあてがわれた。そのまま、私の中へと突き進んでくる。

ゆっくりと侵入してくる熱い彼自身に、私は背を反《そ》らして悦《よろこ》ぶ。

彼と付き合い始めて、もう何度も体を重ねた。だけど、まだまだ最初に入ってくる時は、息が止まりそうになるほど苦しい。

それと同時に、私の内側が歓喜《かんき》する。

彼を迎え入れようと、自分がうごめいているのを感じた。

もっともっとと、彼に絡みついていくのだ。

「あ……ああっ、んん……好きっ大好き……」

彼を体内に感じられることが嬉しくて、愛おしさが溢《あふ》れて言葉としてこぼれる。

隼さんは、それを聞いて目を丸くした後、顔を片手で覆《おお》う。

「もう、可愛すぎる」

隼さんはそうつぶやいて、私の頬《ほお》に何度もキスをした。

唇にもほしくて顔を動かして、彼の口を塞《ふさ》いだ。

途端に、溺《おぼ》れるほど深いキスをもらい、息が苦しい。

キスに夢中になっている間に、隼さんが動き始める。

私の中を慣らすように動く彼が、私のあちこちを刺激した。

彼の体温を間近に感じられるのが嬉しくて、素直に快感だけを追いかけられる。

「あ、んん。もっと。隼さん、気持ちい……っ」

彼の頭を抱きしめて、ねだった。もっと、ずっとこうしていたい。

「はっ……夕夏、これ以上、俺を溺《おぼ》れさせて、ひどくされたいの？」

隼さんの掠《かす》れた声が、低く響く。ちょっと凄味《すごみ》のきいた言い方だ。

だけど、彼の眉根が切なそうに寄せられていて、目元は赤く色づいていた。

「溺《おぼ》れて。……もっと。私以外見えなくなって」

――そうしたらきっと、私は彼が女性に囲まれていても不安にならないでいられるから。

「くそっ……！　夕夏！」

呻《うめ》くような声を上げて急に激しくなった動きに、頭の中が白く塗《ぬ》り潰《つぶ》されていく。

脚を高く持ち上げられて、隼さんに腰を激しく打ちつけられる。

「夕夏、見える？　夕夏が俺を呑み込んでるとこ」

視線を下にやると、彼と私がつながっている場所が丸見えだった。

出ていこうとする彼に私の肉壁が絡みついて逃さないようにしている。

ぐちゃ、ぐちゅっと、音をさせながら、彼が私に突き刺さる。私の中が、彼のものを搾《しぼ》り取ろうとするかのごとく、強く締めつける。

彼の屹立《きつりつ》に抜き差しされる様子は卑猥《ひわい》で、淫《みだ》らで、どうしようもなく……惹《ひ》かれる。

私は常々、隼さんのことを変態だと叫んできたけど、つながっている場所を見て感じている私も、なかなか変態だ。

「は……っ、夕夏、興奮してる？」

私の内部が、逃がさないというように彼に絡みついて、締めつける。

その私の中の変化を感じ取ったのか、隼さんがニヤリと笑う。

「してるよな？」

「そんなことっ、言っちゃいやぁ。は……ぁんっ」

抗議しても、隼さんは嬉しそうに笑うだけ。

——もう、わかってるくせに！

興奮してるに決まってる。私を求めて入ってくる彼のものを見て、心が震《ふる》えないはずがない。

「夕夏は、可愛くて、いやらしくて……なんて綺麗《きれい》なんだ」

呆然《ぼうぜん》とつぶやかれた声に、私の全身が反応する。

「ん、んんっ……あっあああぁぁ！」

びくんびくんと体が震《ふる》えた。

全身の産毛《うぶげ》が総毛立って肌にビリビリと電気が走ったようだ。

もう、すぐそこにあるものにたどり着きたくて、目の前の腕に縋《すが》りついた。

その瞬間、ひときわ激しく腰を打ちつけられて——思考が白く跳んだ。


——少しだけ、気を失っていたのかもしれない。

気だるい空気をまとったまま、うっすらと目を開ける。すると、避妊具《ひにんぐ》を片付けている隼さんがいた。

…………？

ぼんやりとした思考のまま、記憶をたどる。

「いつ、つけた……っけ？」

だるい体を起こして声を出すと、すごく掠《かす》れていた。声を出しすぎた。

避妊具《ひにんぐ》をしっかりと準備してくれていたことは嬉しい。

今の今まで、避妊《ひにん》のことに気が回らなかった私もどうかと思うが、彼がつけていた瞬間を思い出せない。

第一、海からきてすぐにそういうことになったのに、いつ手にしたのだろう。まさか、ずっと持ち歩いていたはずはない。

「さっき、ベッドで」

あっさり返ってきた答えに、首を傾《かし》げる。

私たちが持参した荷物は、まだホテルのロビーに預《あず》けたままになっているはずだ。あとで持ってきてくれることになっていた。

じゃあ、この部屋に置いてあった？　……ラブホテルならいざ知らず、そんなことはない気がする。

不思議そうにする私に隼さんは微笑《ほほえ》む。

「まだあるよ？」

もう一回する？　と笑う隼さんから距離を取りながら聞く。

「どこにあったの？」

「もしものことを考えたら、手放せないからね」

水着のポケットから、数個の避妊具《ひにんぐ》が出てくる。

「生じゃ、夕夏が心配してえっちに集中できないと思って。俺はできても、全然問題ないけど」

どや顔で言われても、残念感しかない。

初体験の時は、お互いに避妊《ひにん》のことまで気が回らなかった。結局、予定通りに生理がきたのでよかったが、本当に赤ちゃんができていたらどうするつもりだったのか。隼さんはいつも、できても構わないなんて言うけど、そもそも私たちはまだ、出会って数か月しか経っていないわけで……

「いやあ、海水浴中に、人気《ひとけ》のない洞窟《どうくつ》とか見つけちゃったら、盛り上がるだろうと」

実は、このビーチにはそういう場所があることはリサーチ済みだと、隼さんが胸を張る。そういうことに使う場所として有名というか、知る人ぞ知るというか、そういうスポットなのだそうだ。

「でも、泳ぐ前に火がついちゃったな～」

あっはっは、と笑う隼さんから、避妊具《ひにんぐ》をすべて奪った。

「……まさか、二回戦は夕夏が俺に装着してくれちゃったりするの⁉」

阿呆《あほ》なことを言う隼さんを無視して、ごみ箱に捨てる。

「ああ！　なにするの！」

慌てる隼さんを横目で見ながら、一人で泳ぎにいこうとベッドから起き上がる。

——思わぬ出来事の連続から始まった、隼さんとの初旅行。

その後も、泳いだり、おいしいものを食べたり、エッチしたり……エッチしたりと、たっぷりと楽しんだ。

それもこれも、急な予定の変更にもかかわらず、仕事を片付けて旅行に連れてきてくれた隼さんのお陰である。彼の笑顔もたくさん見られて、本当に来てよかったと思う。

旅行前には忙しすぎて、すれ違いがちだった私たちだったけど、この旅行でさらに愛を深めることができた気がする。

こうして、楽しくて濃厚な初旅行は幕を下ろしたのだった。

2

楽しい夏休みはあっという間に終わり、九月も半ばに突入した。

連休の余韻《よいん》を残したまま、普段通りの仕事がまた始まった。

隼さんはいつも忙しそうだが、最近は特に忙しいようだ。お盆前に仕事を詰め込んだ影響もあるみたいだった。

各地へ出張したり、土日も打ち合わせがあったりして、きちんと休めていない様子だ。たまに時間が取れたとしても、取引先の都合に合わせて休むから平日だったりして、私とは予定が合わない。

何度かデートの約束をしていたけど、結局すべて流れてしまった。

夜遅くに帰ってくることも多く、最近ではメールのやりとりを日に何度かする程度で、電話さえもあまりできていない。

——寂しいな、と思う。海旅行が楽しかったため、余計に寂しさが募《つの》ってしまう。とはいえ、隼さんだって好きで会えない状況を作っているわけではないのだから、ワガママは言えない。言ったら困らせてしまうのは、わかりきっている。

そんな中でも、ようやく週末の今日、隼さんの家にお泊まりに行く約束をした。

旅行に行ってから、すでに一か月近くが経っている。

旅行後、初めて会える——はずだったのだが。

昼間、急な仕事が入って帰宅が遅くなると連絡があった。

『合鍵で先に部屋に入って待ってて？　帰ってきた時に、夕夏が部屋の中にいると嬉しい』

家主がいない部屋でじっとしているのは気を使うなあと思いながらも、隼さんの懇願《こんがん》するような声を聞き、ＯＫした。私も久しぶりに会う予定がキャンセルになるのは寂しかったから。

そして私は定時に仕事を終え――今は、隼さんの家で一人、ぼんやりしている。

すでに食事は済ませた。そして、見るともなしにテレビを眺《なが》めていたら、隼さんから電話があった。

契約はうまくいったものの、取引相手に飲みに連れていかれて、さらに遅くなると言う。

「ずっと待ってるのに！」という言葉が口を突いて出そうになったけど、ぐっと呑み込んだ。

彼は仕事なんだから、ワガママを言ってはいけないと思う。

「そっか。大変だね。頑張ってね」

無理矢理絞り出した言葉は、ありきたりなものだった。

隼さんは、そんな私の言葉にも嬉しそうな声で相槌《あいづち》を打つ。

『今日の飲み会に女性はいるけど、大丈夫。夕夏以上に柔《やわ》らかそうで食べたくなるような女の子なんていないから。最近、夕夏以外に、ぴくりとも反応しなくなっている自分が怖いよ』

「…………どこでそんな発言をしているの」

――まさか、取引先の人が近くにいたりしないよね!?

いきなりの驚き発言に、思わず声が低くなる。

『取引先の会社の玄関。取引先の方も近くにいるから、代わろうか？　俺が浮気してない証拠として……』

「代わらなくていい！　っていうか、そんな場所でなんで電話してくるの⁉　どうして外でそんな発言をするの～！」

恥《は》ずかしさに意味もなく手を振り回して、バカバカと連呼した。

『ああ～……可愛い。癒《い》やされる。夕夏が真っ赤になって叫んでいる姿を想像するだけで、俺はこの後も頑張れるよ』

思った以上に疲れたような声が聞こえて、私は急に心配になる。

「隼さん、大丈夫？　仕事、きついの？」

言った後に、こんな夜まで仕事関係の人といるのだ。きつくないわけがない。

『ん？　いや、仕事は慣れてるから平気。今回は相手がちょっとね……。仕事の話をしてる時はいいんだけど、世間話が始まると疲れるというか』

隼さんは声を潜《ひそ》め、早口でそう言った。本当に取引先の人は傍にいるのだろう。

……そんなことを言って、聞こえたらどうするの！

彼から仕事の愚痴《ぐち》というか、ネガティブな発言を聞いたことがなかったので少し驚く。

でも、疲れていたら、そんなことを言いたくなる日もあるよね。

彼の忙しさを思い、ますます心配になってくる。

『夕夏にずっと会えてないから、俺のライフゲージは減る一方だしね。夕夏を抱けないことで、危機的状況に追い詰められてる』

「もう、またそんなこと言ってて！　じゃあ、頑張ってね！」

心配していたら、また甘い言葉に切り替わったから、私は怒ったような声を出す。

電話の向こうで隼さんはクスクス笑いながら、『じゃあまた後でね』と言って電話を切った。

電話を切っても、顔の火照《ほて》りはなかなか取れない。

隼さんは時々、私を動揺させて赤くさせるために、わざと甘い言葉をささやいている気がする。

今こうやって、私が一人で恥《は》ずかしがっている姿を予想して、にやにやしている隼さんが目に浮かぶ。彼にはすべて、それこそ私の心も体も隅々まで把握《はあく》されてしまっている。

恥《は》ずかしさといたたまれなさで、どうにも動悸が治まらない。

……もうダメだ。少し早いけれど、寝よう。

どうせ、隼さんは今から呑みに行くのだから、今晩は遅くなるんだろう。

そう思い、さっさとパジャマに着替えてベッドに潜《もぐ》った。

――どれくらい経っただろう。意識がふいに浮上する。なんだかやけに体がフワフワするし、頭は働かないし、夢の中なのか現実なのかよくわからない。

「夕夏、好きだよ」

耳に直接吹き込まれる声に、体が震《ふる》える。

――隼さん……？

確認したいのに、体が重くて自由に動かせない。

しかも、頭がまったく働かず、考えたり、動いたりするのが億劫《おっくう》だ。

その時ふいに、うしろから大きな手が回ってきて、私の胸を包み込んだ。

「ん、隼さん……っ？」

「もう我慢できないよ」

切羽《せっぱ》詰《つ》まった声と同時に、腰に硬いものが押しつけられる。

それだけで、敏感《びんかん》になってしまった体は、ビクンと反応してしまう。

――こんな風に彼に触れられるのは、一か月ぶり。だから少しの刺激でも、私の体は悦《よろこ》びに震《ふる》える。

この一か月の間に一度も、こういうことをしたくならなかったと言うと嘘になる。彼と触れ合って、溶け合って、一つになりたかった。

私の体はその先の行為を期待して、みるみるうちに高まる。

隼さんの舌が、うなじから耳へ丁寧に舐《な》めていく。

耳に、熱い吐息と舌が入り込んできた。隼さんの息が荒いことに、悦《よろこ》びが湧《わ》き上がる。

「あ、あぁんっ」

隼さんの手が私のパジャマを押し上げ、ブラをさらけ出す格好となる。そして胸を、痛いほどの強さで揉《も》みしだかれた。ブラの中から、乳房がこぼれる。

パジャマはきっちり着ているのに、胸だけを出している今の格好の卑猥《ひわい》さに、めまいがする。

官能的な刺激を与えられ、体は反応してしまうのに、頭はいまいち覚醒《かくせい》していない。口もうまく動かなくて、舌足らずなしゃべり方になってしまう。

「はやとさっ……、はずかしぃよぅ」

「可愛い。ああ、可愛いよ、夕夏。その顔をもっと見せて」

胸をいじっていた片方の手が、お腹を通ってズボンに到達する。

素早く脱がされ、閉じた脚の間に手がするりと忍び込んでくる。

「ふぁ……んっ、あ、だめぇ」

「ん。もうこんなに濡《ぬ》れてる。もう、このパンツ穿《は》いていられないね?」

ふふっと、意地悪く笑われているのに、その声に反応してぴくんぴくんと体が跳ねる。

ショーツの上から割れ目をなぞられて、ぐちゃぐちゃなのは知っていた。

「は……やとさんが、いっぱい、さわるからだ、もん」

「そうなの？　ごめんね？」

意地悪な声でささやきながら、かりっと耳たぶを噛まれた。

顔中にキスをしていた唇が首元に下りていく。

どこにたどり着くか、期待して、胸の頂《いただき》がピンと勃《た》ち上がっているのが見えてしまった。

「ああ、いやらしいね。こんなに尖《とが》らせて」

指先で、ピンと撥《は》ねられて、体が震《ふる》える。それと同時に、ショーツの上から敏感《びんかん》なところもなぞられて体を捩《よじ》る。

「やああぁ、はやとさん、はやとさん」

「あぁ、夕夏、可愛いよ。もっと俺を呼んで」

お尻の下で、隼さんの欲望が高まっているのがわかる。

それを刺激するようにわざと腰を振った。すると、彼は熱い吐息を漏らす。

そんな彼の仕草にさえ感じて、くぷっと溢《あふ》れるほどの愛液が出てくるのを感じた。

「夕夏？　ココから溢《あふ》れてきたけど、なにに感じてるの？　直接触られてもないのに、こんなにぐっしょりにするなんて」

「いじ、っわるしないでぇ。触って。いっぱい、ぐちゃぐちゃしてほしっ……ああっ」

突然、ショーツの隙間から、するりと忍び込んだ隼さんの指が、私の中に埋まった。

なんの抵抗もなく、呑み込んでしまうそこは、少し触るだけで、くちゅくちゅと水音をたてる。

「ふ、ぅああ……！」

彼の指を咥《くわ》えているというのに、もっと刺激がほしい。

——足りない、足りない。全然足りない。

「夕夏、大胆《だいたん》だね。いい子だ」

自分の体を見下ろすと、自ら両手で脚を大きく広げてしまっていた。

指摘されたことは恥《は》ずかしかったけど、それよりも早く快感を得たくて、中をかき回している彼の腕を捕まえて、自分のそこにこすりつける。

「あ、ぁあ……やぁ、気持ちいいよぉ。はやとっ……さ、ん……もっと、もっと、ぐちゃぐちゃにしてっ」

「そんなに？　いやらしい子だね、夕夏は。じゃあ、ほら。あげるよ。自分で入れてごらん？」

「む、りぃ。いじわるしないでぇ」

隼さんが私の腕を掴《つか》んで、彼の上に乗るよう促《うなが》してきたけど、いやいやをして身を捩《よじ》る。どうやればいいかわからないし、今は一刻も早く彼がほしかった。

私はベッドの上でうつぶせになり、ベッドマットに手をついて腰を上げた。

「ここ、ここなの。ひくひくしてるの。隼さん、お願い」

彼によく見えるように、ぱっくりと局部を指で開いた。

「そんなポーズ、誰に教わった？　いけない子だ」

怒るような隼さんの口調さえ、今の私には甘い攻めにしか感じられず、ぴくぴくと体を揺らす。

「ああ、本当、ひくついているね……。おいしそうだ」

私が指で広げたそこに、彼はキスをして、ちゅうっと吸い上げた。

求めていたものではないけれど、あまりの気持ちよさに体が震《ふる》える。

「ひゃあぁ、ん。隼さん……気持ちいいよぉ」

「ああ、夕夏。愛してるよ」

そして、彼自身が入ってきた瞬間――そのわずかな刺激だけで、高みのてっぺんまで押し上げられてしまった。


そしてふと、目を開けた。

目の前には、イケメンの爽《さわ》やかな寝顔。

ついさっきまで私の上で艶《つや》っぽい姿を見せていた彼の面影はない。

「あれは、夢？　それとも現実？」

小さな声でぽつりとつぶやく。

――しかし、その直後に、気づく。

脚の間に冷たい感触がある。下着が湿り切っていて気持ち悪い。

だから、隼さんを起こさないようにこっそりと立ち上がろうとしたところ、ふと、彼が目を開けて、ふわりと微笑《ほほえ》む。

「なに？　えっちな夢でも見てた？」

――さっきの独り言、聞かれてた⁉

余裕綽々《よゆうしゃくしゃく》で嬉しそうに聞いてくるイケメンに、私は渾身《こんしん》のパンチを放った。

「痛い」

私の拳《こぶし》がヒットした鼻を押さえている隼さんを睨《にら》む。

「そんな真っ赤な顔して涙目で睨《にら》まないで。俺を煽《あお》っているの？」

――どうしてそうなるの⁉

「おはよう、夕夏」

私の怒りなど意に介さず、彼は軽いキスを降らせる。

――私は朝のキスが好きだ。優しい唇が、柔《やわ》らかく二、三度唇を食《は》んで離れていくのが、くすぐったくて気持ちいいから。

だけど、今日はそのキスを楽しむ余裕はまったくない。

「隼さん、寝ている間になにしたの⁉」

「ん～？　帰ってきたら夕夏が寝ていたから、残念だなあと思って、触りながら、可愛い可愛い言ってたんだよ」

「思ったより早く帰れたのに、寝るの早いよ」と、文句を言いながら、軽く抱き寄せられて、顔じゅうにキスされた。

「そうしたら、夕夏ってば寝ぼけてるのに、顔を赤くして嬉しそうに笑うから、思わずパジャマを脱がした」

……段々、話の雲行きが怪しくなってきた。

「でも、やっぱり寝てるようだったから、同意もなしに入れるのはダメかなと思って。ギリギリで踏み止まった。前に、寝ている夕夏を起こして事に至って怒られたことがあったろ？　その後は、しばらくさせてくれなかったから、今回は我慢したんだ。あ、手で触ったりはしたけど、それは許してね」

どや顔で語る隼さんは、私の怒る基準をなんだと思っているのだろう。

「もうこんなに濡《ぬ》らしてるの？　って耳元でささやいた時、夕夏が身を捩《よじ》って恥《は》ずかしそうにするのを見たのに襲い掛からなかったんだから、俺ってばすごいよね……」

もう一度、隼さんにパンチが向かったのは仕方がないだろう。

「今日はもう、えっちなし！」

「なんで!?　無理矢理起こした時は一度は入れられたから、前回のほうがマシ……痛い！」

「ばかぁ！」

——あとから聞いた話によると、どうやら昨夜の出来事は半分夢で半分本当だったらしい。途中までは実際にしていたようだけど、あられもない姿でねだって……という事実はないようだ。

昨晩の私の言葉も、隼さんには聞き取れていなかったみたいでホッとする。『モゴモゴなにか言ってたけどなんて言ってたの？』と何度も聞かれたけれど、言うわけがない。

……記憶が曖昧だけど、昨晩言っていたセリフを知られたら、羞恥《しゅうち》で死ねる！

真っ赤になっているであろう顔を見られたくなくて、両手で顔を覆《おお》って、悶《もだ》える。

「そんな可愛いことして、さらなる我慢を強《し》いるなんて、夕夏は罪な女だな……」

情けない顔ですり寄ってくる隼さんにほだされそうになるけれど、今日は絶対にダメ！

昨日、中途半端なところでやめてしまったためか、体の奥で燻《くすぶ》っているものがあることに気づいていた。こんな状態で行為に及んでしまったら、滅茶苦茶《めちゃくちゃ》に反応して、痴態《ちたい》を晒《さら》してしまいそうな自分が怖い。

あられもなくねだってしまいそうで……記憶を振り払うように横に首を振って叫んだ。

「絶対ダメ！」

3

隼さんの家に泊まりに行った日から、もう一か月が経っている。

彼の忙しさは相変わらずで、今月はまだ一度も会えていない。

最後にお泊まりをしたあの日でさえ、寂しさと悶々《もんもん》とした想いを抱えていたのに。最近はさらに、会いたい気持ちが募《つの》っている。

――金曜の夜だというのに、今日も一人。私はアパートのリビングに一人座り、ぼんやりしていた。

そんな時に考えてしまうのは、隼さんのことばかり。そうしていると、彼とのあんなことやこんなことも、同時に思い出してしまう。

――それにしても、前回お泊まりに行った時の私は、寝ぼけて痴態《ちたい》を晒《さら》してしまうほど欲求不満だったのだろうか。

あの時は結局、お泊まりしたけどエッチはしなかった。自分でダメと言っておいて悶々《もんもん》としているのだから世話はない。まさか、その先ひと月も会えないとは考えていなくて……

隼さんと最後までしたのは、夏休みの旅行が最後だ。

なかなか会えなかったけど、電話はよくしていた。でも、最近ではその電話の時でさえも、眠そうな声を出すことがある。

この間も、仕事が終わり帰宅してから電話していた時、とても疲れた様子だった。

『大丈夫？　もう寝たほうがいいよ？』

そう呼びかけると、気だるげな声で返事がある。

『ああ……うん、ごめん。そうさせてもらう』

あくびを噛み殺しているような声でそう言って、電話は切れた。

――今までだったら、『大丈夫。夕夏の声を聞けば元気になる！』なんて言いながら電話を続けていたのに。

仕方がないこととわかっていても、やっぱり寂しかった。

もっとたくさん話したいし、キスしたいし……触れ合いたい。

――だって、もう旅行から二か月も経った。その間に会えたのは、隼さんが夜遅くに帰ってきたお泊まりの日だけ。

こんな風に会えない日が続くんだったら、あの日、最後までしていたらよかったなんてことまで考えてしまう。

そうやって寂しいのに言い出せない状態で過ごしていたら――ふいにスマホが震《ふる》える。

隼さんからの電話だ。

『夕夏、明日の土曜日、時間ある？』

隼さんの声に心が躍《おど》った。すぐに『ある』と返事をした私に、隼さんは嬉しそうな声を上げる。

『ようやく丸一日休めそうなんだ。食事に行こう』

――久しぶりのデートだ。

私は、嬉しくて声を弾ませた。そして、今日も疲れているであろう彼に、「明日のためにも、早く寝てよく休んでね」と伝えて眠りについたのだった。


翌朝十時。隼さんが約束通りの時間に車で迎えにきた。

「おはよう」

会うのさえひと月ぶりで、妙に緊張する。少し俯《うつむ》き気味で挨拶《あいさつ》をした。

「なんで目を合わせてくれないの？　付き合う前の夕夏に戻ってる」

隼さんと付き合い出すまで、恋愛経験のなかった私は、たしかに俯《うつむ》いてばかりだった。

イケメンだし、目を合わせるのが恥《は》ずかしくて。

そんなことを考えていたら、隼さんは、ぎゅっと私を抱きしめた。

「えっ⁉　ちょ、ご近所さんに見られちゃうっ……！」

「ああ〜〜、夕夏だ。夕夏〜〜」

じたばたする私を無視して、隼さんは私を抱きしめたまま頬《ほお》ずりまでしてくる。

「会いたかったあ。仕事で連日、オヤジと、わけわかんない奴に囲まれてて、きついんだよ〜」

だから夕夏の柔肌を思い切り堪能《たんのう》させてと言う彼に、それ以上抵抗できずに……彼におとなしく抱きしめられていた。でも、恥《は》ずかしいことは恥《は》ずかしいのだけど。

「あうぅ〜〜」

隼さんが満足するまで頬《ほお》ずりされて、ようやく解放された時には、恥《は》ずかしさに涙までにじんでしまっていた。

「顔、真っ赤っか」

――誰のせいだ！

睨《にら》みつける私を見て、隼さんはクスクス笑う。そうして、私を車へ誘導した。

二人で車に乗り込み、三十分ほど走らせると、海の傍のカフェにつく。

「ここ、評判がいいみたいだから夕夏と来たかったんだ。この間、同僚が行ったたって話を聞いてさ」

車から降りた途端、潮風がぶわっと私の髪を巻き上げた。

青い屋根と白い壁のオシャレなカフェだった。海が一望できるテラスもある。

駐車場には車が何台も停まっていて、人気のお店のようだ。

お店に入ると、パンケーキのような甘い香りがした。

「予約していた岩泉だけど」

隼さんが言うと、店員さんが「お待ちしておりました～」と笑顔で窓際の席に案内してくれる。

案内された席の前に立って外を見ると、水面《みなも》がキラキラと光って、白い波が穏やかに流れていっていた。

「うわあ。綺麗《きれい》」

思わず上げた感嘆《かんたん》の声に、隼さんはふっと笑って「そうだな」と言った。

「とりあえず、座ろうか？」

隼さんは目を細めて私を見てから、椅子に促《うなが》す。

店員さんも水を持ったまま、ニコニコして待っていてくれた。

「すっ、すみません」

クッション張りの椅子は思った以上に座り心地がよくて、それにも驚いてしまう。

隼さんは、前もってランチコースを注文してくれていたらしく、座るとすぐにサラダが運ばれてきた。

フォークを持って、私は首を傾《かし》げる。

窓の外には綺麗《きれい》な景色があるというのに、隼さんはこちらばかり見ている気がするのだ。

「あの、隼さん、食べにくい」

目の前でこの上なく嬉しそうに見つめてくる彼に、私は顔が熱くなってくる。

「夕夏が可愛すぎるから」

「そういうの、いいから。早く食べてっ」

「あとから夕夏も食べていい？」

「黙ってっ」

ぽっぽと熱を持った顔のまま、私はサラダにフォークを突き立てる。

そして目の前で肩を震《ふる》わせる隼さんを無視して、サラダを口に運んだ。

そのおいしさに驚いて、隼さんに感動を伝えようとした時——他から彼に声がかかった。

「岩泉さん!?」

目の前には、綺麗《きれい》な女性が立っている。

彼女は、嬉しさを隠しきれないといった様子で隼さんを見ていた。

年齢は、多分隼さんと同じくらい。長い髪をゆるくウェーブさせている。その髪をかき上げる時に、小さなピアスが耳元を飾っているのが見えた。胸元の開いたブラウスから、ブルーのキャミをのぞかせて、下は綺麗《きれい》な脚を強調させる七分丈のパンツを穿《は》いている。綺麗《きれい》で、しかも、オシャレだ。

「岩泉さん、先日の打ち合わせの時、このお店のことをお話しされていたでしょう？　だから、もしかしたら休日にいらっしゃるかもしれないなと思っていたんです。まさか、お会いできるなんて感激！」

――それはつまり、隼さんに会えるかもしれないと思って来たということだろうか。いやいや、まさか。

そう思おうとするけど、彼女の全身から隼さんに会えた喜びが溢《あふ》れているように感じる。

彼女が口元に手を当てて話す仕草はとても上品だ。それに、優しそう。

みるみるうちに自分が委縮《いしゅく》していくのを感じた。

――私はこういう、オシャレな人が苦手だったりする。

人の目が怖くて、オシャレとは縁遠い生活を送ってきたから、こういう人が近くにくると、気後《きおく》れしてしまうのだ。

「原永《はらなが》さん、お疲れ様です」

隼さんは、彼女の言葉に特に反応を返さずに、立ち上がって挨拶《あいさつ》だけをした。

私はタイミングを逃して、どうしようと二人を座ったまま見上げる。

原永さんと呼ばれた女性は、戸惑っている私を見て、微笑《ほほえ》んだ。

「ごめんなさい、お食事中に。岩泉さんに会えて、本当に驚いてしまって。――妹さんですか？」

「えっ!?」

隼さんの妹と間違われるとは思っていなくて、返事もできずに驚いた声だけを上げてしまった。

「違いますよ。彼女です」

苦笑しながら隼さんが答えるのを、ほっとしながら……そして、申し訳ないと思いながら聞いた。

彼女だと思われないような、子供っぽい子でごめんと謝りたくなった。それに、私は地味だから、華やかな彼と釣り合ってないと感じられたのだろう。

「えっ!?」

今度は、声をかけてきた彼女が驚いた声を上げた。

その声に、私はショックを受ける。

「ご、ごめんなさい。岩泉さん、彼女はいないと聞いていたから、驚いて……」

彼女は私の顔を見て、慌てて謝ってくれたのだけど――私はどんな表情をしていたのだろう。

「そうなんですか？　まあ、職場であまりプライベートな話はしないんですよ」

隼さんは表情を崩さないまま言う。

私はどんな反応をしていいのかわからなくて、挨拶《あいさつ》さえもできずに座っていた。

「お待たせしました」

そこに、店員さんがスープを持ってくる。

それから、私と隼さんのテーブルの傍に立っている女性を見て、にこやかに話しかける。

「お知り合いですか？　……お陰様で本日は、大変混雑しております。相席でもよろしければ、早くご案内できるのですが……」

店員さんは、恐縮しつつもそう提案してきた。

見れば、店内は満席で、入り口付近には順番待ちをしている人が並んでいた。

「あっ……あの、岩泉さんが見えて、相席させていただこうと思って先走ってきてしまったんです。すみません。デートとは思わなくて」

原永さんは申し訳なさそうに言う。

――男女が一緒に食事をしていて、デートと思われないなんて、どれだけ私は隼さんに似合わないのだろう。

困った顔の彼女と店員さんに見られて、隼さんは困った顔をしていた。

彼女は、もしかしたら隼さんに会えるかも、と期待してこの店に来たという。そんな人と同席なんて……そう思ったのだけど——

「いいですよ。どうぞ」

私は、心の中とはまったく別の言葉を発していた。

隼さんが驚いた顔で私を見ている。きっと彼は、どう断ろうかと言葉を探してくれていた。

だけど、私が耐えられなかったのだ。沈黙に耐えられなかった。自分で自分の首を絞《し》めるほうが、彼の言葉を待つよりも楽だと思ってしまったのである。

「ありがとう」

花開くように微笑《ほほえ》んだ彼女は、四人掛けの席の中で、私の横の椅子を引いて座った。

隼さんは、静かに私を見て、なにも言わずに自分の席に座った。

「初めまして。原永久美《くみ》です。私、岩泉さんと今お仕事を一緒にさせていただいてるんです」

原永さんは、私に顔を向けてにっこりと笑った。

——一緒に仕事を？

首を傾《かし》げて隼さんを見ると、一度頷《うなず》いて説明してくれた。

「今度、流通事業の拡大プロジェクトがあってね、その事務所づくりを任されたんだ。

原永さんは、その事務所のインテリアコーディネーターだよ」

インテリアコーディネーター……またもやオシャレな感じだ。

「えと、田中夕夏です。よろしくお願いします」

ぺこりと頭を下げると、原永さんは興味津々《きょうみしんしん》に私のことを聞いてくる。年齢や好きなもの、嫌いなもの。苦手意識があるからだろうが、まるで尋問を受けているみたいに感じてしまう。

「田中さんは、どんなお仕事をされているの？」

「レンタル会社で働いてます」

彼女にたくさんの情報をあげるのも嫌で、簡潔に答えた。

「レンタル……？　あぁー、そうなんですね。じゃあ、お仕事は毎日定時で上がれるのかしら？　私は建築事務所で働いてるんですけど、残業が多いから羨《うらや》ましい」

──あ、見下されたと本能的に察知した。

仕事に優劣《ゆうれつ》はない。ない……と思うけれど、そう胸を張って言えるほど私は仕事に打ち込んでいるわけではなくて、なにも言えない。さらに委縮《いしゅく》してしまう自分を感じていた。

しかし、そんな私に構わず、その質問の後から、原永さんは隼さんにだけ話しかけ始める。

「岩泉さん、事務所の玄関なんですけど、やっぱり植物を置きたくて……」

そうして話題は、仕事の話に移行していった。

二人の話は私にはさっぱりわからなくて、一人、もそもそと食事を続けた。


食事が終わり、三人揃《そろ》って店から出た。

「ああ、おいしかった！　相席ありがとうございました」

原永さんが笑顔で言ってくるのを、私は笑って見ているだけしかできない。

『本当においしかったですね』なんて、返事ができない。味なんてわからなかった。

彼女が髪をかき上げた瞬間、花の香りがした。

爪は、綺麗《きれい》にグラデーションのネイルがしてある。

ネックレスもピアスも、上品でオシャレだ。

全部全部素敵で、私は敗北感を感じてしまっていた。

隼さんが原永さんに会釈《えしゃく》をして、私を駐車場のほうへと促《うなが》す。

私たちを見送りながら、彼女は言う。

「休日に仲良くデートなんて羨《うらや》ましいです。しかも、こんな素敵な岩泉さんとだなんて」

私が声をかけられたのだと思って、振り返った。

彼女は目が合うと笑って……泣きそうな表情になる。そして、少しだけ口を開けて、小さな、小さな声でつぶやいた。

「本当はその場所、私のものなのに」

——隼さんにも、聞こえただろうか。

もしかしたら、波の音で聞こえていないかもしれない。

だけど、振り返って彼女の顔を見ていた私は聞き取ってしまった。彼女の、本音を。

彼女は隼さんが息抜きに一人で来ると思っていたのかもしれない。

私と——彼女と来るとは思っていなかったのだろう。

彼女は、隼さんがフリーだと思っていたようだ。それなのに今日、恋人の存在を知り、顔まで合わせることになっても、笑顔で向き合っていた。その強さにも、私は気後《きおく》れしてしまう。

いっそのこと、睨《にら》んでくれたらよかったのに。私を憎《にく》しみのこもった目で睨《にら》みつけて、悪口をたくさん言ってくれたらよかったのに。そうしたら、「なんてひどい人!」と彼女を悪者にできたのに。

私は唇を噛みしめて、泣くのをこらえた。そのまま隼さんに手を引かれ、車の助手席に乗り込む。

そして、車の窓越しに、いつまでも私たちを見送っている彼女に小さく頭を下げる。

彼女の反応はなかった。

隼さんが車に乗り込む時に、原永さんが大きな声で言った。

「それじゃあ、岩泉さん、また明日!」

「ええ。それじゃ失礼します」

――また、明日。

その言葉が胸に刺さって、痛くて痛くて泣いてしまいそうだった。

原永さんは、明日また隼さんに会えるのだ。私は今日、本当に久しぶりに会えて、次にまた会えるのがいつになるかわからないのに。

私にはできない約束。

ワガママだとわかっていても、それを簡単にできる彼女が羨《うらや》ましくて悲しかった。

◇◆◇

夕夏との久しぶりのデートだというのに、邪魔《じゃま》者が現れた。

俺は車のハンドルを握《にぎ》りながら、苛立《いらだ》っていた。

そんな言い方はひどいのかもしれないが、ひと月ぶりの可愛い彼女との食事に割って入られてムッとしないわけがない。

夕夏は、小さく微笑《ほほえ》んで相席をオーケーした。

久しぶりに夕夏に会えるのを、どれだけ俺が楽しみにしていたと思っているんだ。ため息を吐きそうになるのを我慢して、運転を続ける。

夕夏が気を使って承諾したのはわかっている。俺の取引先の女性で、無下《むげ》にできないと思っての行動だろうと思う。

――それにしても、俺があの店の話をしてるのを聞いてわざわざ来た？　なんて迷惑な女だ。

そして、彼女の存在を認識しながらも同席。――ありえない。

原永さんは、仕事仲間の間で不思議ちゃんと言われている女性で、周囲のことを考えずにずれた発言をすることが多い。

仕事面では問題ないのだが、空気が読めない。はっきり言って嫌いなタイプの女だった。

しかも、仕事の話をしながら休日のランチを取らなければならないなんて、苦痛だ。

夕夏を眺《なが》めながらおいしくいただこうと思っていた計画がすべて台無しである。

原永さんは楽しそうにしゃべり続けていた。夕夏にわからない話を。

夕夏の表情が段々と暗くなっていったのがわかった。

だけど、彼女が話しているのに、夕夏と別の話を始めるわけにはいかず、食事の間中、夕夏と話をすることはできなかった。

今、ようやく夕夏と二人きりになることができた。

車を走らせながら、今日これからの予定を考える。

街をぶらぶらして、最後は俺の部屋に――と考えていると、夕夏が苦しそうな声を上げた。

「ごめん、隼さん……」

その声に視線を向けると、夕夏が胸を押さえて前かがみになっている。

「どうした？」

慌てて車を路肩に停めて夕夏の顔を覗《のぞ》き込む。すると彼女は涙をいっぱいためた目を俺に向けて、もう一度謝った。

「ごめん。ちょっと……気分が悪くて、横になりたいの。今日はもうデートはおしまいにして、帰らせてもらっていい？」

その言葉通り、夕夏の顔は真っ青だった。

辛くて涙が出てくるのか、眉間《みけん》にしわを寄せた瞳から小さなしずくが流れていった。

本来なら、「もちろん」と言いながら送り届けるべきなのだろう。

だけど――嫌だ。

夕夏が家に帰りたいと言うなら俺も一緒についていく。看病《かんびょう》だってしたい。

そう、頭では考えていたのに――

「わかった。料理になにか体に合わないものでも入ってたかな」

心の中では嫌だ嫌だと叫んでいるのに、口から出たのは、格好つけた言葉だけ。

「もう少し我慢できる？」

そう言うと、夕夏は弱々しく頷《うなず》いた。

「大丈夫。ありがとう」

夕夏の濡《ぬ》れた瞳が俺に向けられる。

どこか不安そうに揺れる視線を受け止めながら俺は笑う。

「家に着くまで、寝てていいよ。ちゃんと送り届ける」

今日ほど、格好つけな自分を憎《にく》く思ったことはなかった。

——もっと一緒にいたかった。

夕夏もそう思ってくれていることを疑ってはいない。

だけど、それを上回るほど辛かったのだろう。

夕夏を送り届けて、恐縮する彼女を宥《なだ》めながら、布団を整えてやる。

急に体調を崩してしまうことは仕方がないが、それだったら、近くで看病《かんびょう》をしたかった。

でも、俺がいれば夕夏はどうしても気を使うだろうし、気分が悪い時にそれも辛いだろうと長居することはできなかったのだ。

「お大事にね」

そう言って帰途《きと》につく。

デートだというのに、なんと夕方前には帰り着いてしまった。

久しぶりのデートで、夕夏から癒《いや》しを十分得られていなくても仕事は待ってくれない。

翌日の日曜、俺は休日出勤していた。

「岩泉、内線三番。インテリアの件だ」

「はい」

返事をしながらも、大きくため息を吐きたかった。休日の癒《いや》しを邪魔《じゃま》した奴からの電話だ。

今日も彼女との打ち合わせのために、わざわざ日曜出勤だ。

「お待たせしました。岩泉です」

『岩泉さん、昨日はお世話になりました！』

電話に出た瞬間、嬉しそうな声が聞こえた。

「いいえ。事務所玄関のお話でしょうか？」

「邪魔《じゃま》してすみません」と謝られる以外で昨日の話を続ける気にはまったくならなくて、俺は早々に本題に入るように促《うなが》した。

『あ、そうです。予定していた資材の納品がやはり遅れそうで、他のデザインのご提案をさせていただけないかと思いまして』

資材が遅れそうだという話は聞いていた。納期を優先させるかデザインを優先させるか、判断を任されていたのだが、ひとまず返事を待っているところだった。他にもよいデザインがあるなら、そちらでいったほうがいいのかもしれない。

これから会って打ち合わせをと言われ、うちの会社の会議室を指定すると――

『おいしいお店があるんですよ。打ち合わせがてら、一緒に食事しません？』

弾んだ声で言われる。

食事と打ち合わせが一度で済めば、時間的に楽になる。

そう考えて、俺はすぐに了解して、今日の昼に彼女が指定する店で会うことになった。

指定の店は、えらくシャレた店だった。まるで、デートで来るような場所である。……まさか、公私混同して、この店を指定したんじゃないだろうな。

中に入っていくと、原永さんが俺に気がついて楽しそうに手を振ってみせる。

俺もその席に座ると、原永さんが言う。

「ここの入り口、見られました？　木は使用してないのに温かみのある雰囲気に仕上げてあるんですよ」

言われて、なるほどと思う。

俺たちが手掛けている事務所も、温かみのあるデザインにしたいと言っていた。そこで木材を使う案を考えていたのだが、耐久性があり、イメージに合う資材がなかなか手に入らなかったのだ。この店は、タイルを使用しつつもエアプランツを置くことで、心地よい空間を生み出している。

彼女は、この入り口を見せたくてこの店を指定してきたのだろう。彼女の仕事の腕には、唸《うな》らざるを得ない。

ランチを注文した後に再提案のデザイン画を見せてもらうと、ここの入り口とよく似た造りをしていた。

「ここも、うちの事務所がインテリアをご提案したんです。参考に見ていただけたらなと思って」

次々と運ばれてくる料理の皿を見ながら、俺はそれなら仕方がないかと思う。デザイン画を見るのと実際のものを見るのとでは、やはり大きく違う。

「いいですね。だけど、やはりワンポイントには木がほしいような気もします」

「なるほど。一般家庭の場合、こういうところに小さな飾り棚《だな》を付ける方も多いですが」

別の資料を広げられて見ると、小さな棚《たな》の上にサボテンが載っている写真があった。エプロンを付けた女性が、その横で笑っている。

「新居に潤《うるお》いがほしいと、これだけわざわざ特注されたんですよ」

ふふっと原永さんは笑う。

「新居ですか。……僕らにはまだまだ縁遠いような話ですが」

一瞬、仕事中だということを忘れ、夕夏との未来を妄想《もうそう》して口走っていた。仕事とプライベートを分けられていないのは俺のほうだ。慌てて、彼女に向かって頭を下げる。

「すみません仕事中に」

「あ……いえ。そんなこと、ないです。二人の、新居ですか？　私は……いつでも」

――いつでも？　なにを言ってるんだ？　よくわからなかったが、その言葉は放って返事をする。

「新居って言ったら二人のものでしょう」

俺の言葉に、原永さんは両頬を手で押さえて真っ赤になっていた。

「そうですよね」

――今の話の中に、赤面する要素があったか？

本当に彼女はよくわからないと思いながら、写真に写るエプロン姿の女性を見ていた。

その写真の女性と夕夏を重ねて、夕夏が新居に植物を飾る姿を想像する。

俺が遅くなって帰ってきても「おかえりなさい」と言ってくれる夕夏。すごく遅くなった日は、布団に潜《もぐ》り込む時に気がついて「お疲れ様」と寝惚《ねぼ》け眼《まなこ》で言ってくれる夕夏。朝にはおはようと言って仕事に送り出してくれる夕夏――妄想《もうそう》が止まらない。

――一緒に暮らしていたら、きっと昨日だって看病《かんびょう》を傍でできた。

俺は余計な思考を振り払って、ようやく来た最後のデザートを見て席を立った。

「すみません、ではそのデザインでお願いします。仕事が立て込んでおりまして、今日はこれで失礼いたします」

デザートは申し訳ないが一人で食べていただこう。

ゆっくりとコーヒーまで飲んでいる時間はない。

「あのっ……！」

一人分の会計をしようとしているところで、声がかかる。

財布を出しながら原永さんを見ると、頬《ほお》を赤らめて手を胸の前で組んでいた。

「昨日の女性、本当に彼女ですか……？」

「は……？　ええ、もちろん」

突然プライベートなことを聞かれて、よくわからないままに頷《うなず》いた。

「でも、あの……岩泉さん、今、私と新居の話をしたじゃないですか」

「はあ……？」

新居の話はしたが、それがどうしたと言うのだ。さっぱりわからない。

「あの女性、たまたま昨日は一緒にいた方なんじゃないんですか？」

つまり、そこらでナンパして、あの時たまたま一緒にいたんじゃないかと聞いてるのか？

あんなに綺麗《きれい》で可愛くて清純で、でもベッドの中では結構大胆《だいたん》で、俺を萌《も》えさせる要素満載《まんさい》の女性がそこら辺に転がっていてたまるかと思う。

「いいえ。少し前からお付き合いをしているんです」

ムッとしたが、これ以上話を続けたくなくて、にこやかに答えた。

「でも、私がいるのにっ……！」

突然泣きそうな表情をする原永さんに、ぎょっとする。

彼女の様子に、仕事相手だからと愛想よくしていたのが仇《あだ》になったかと天を仰《あお》ぎたくなる。

誤解させるような言動をしたことはないと思っていたが、まだ注意が足りなかったということか。

「申し訳ないのですが、原永さんとは仕事上の付き合いですので」

俺が言うと、彼女は、ハッとしたように顔を上げた。

「仕事……そうか、仕事の間はそうですよね」

うんうんと一人で頷《うなず》く彼女を放って、俺は歩き出す。

「それでは、失礼します」

挨拶《あいさつ》をする俺に、彼女は満面の笑みで応《こた》える。

「はい……！　待っていてくださいね。仕事が終わるまで」

それは、デザインができるまでという意味だろうか。

戸惑いながらも、俺は「よろしくお願いします」と言って店を出た。

なにか誤解されているようにも感じたが、話してわかる相手じゃなさそうだ。あのままだったら、自分が一晩の相手の代わりになるとでも言いだしそうだった。

——あぁ、思い込みの激しい彼女と会わなくてよくなる日が待ち遠しい。

大通りを歩いていると、涼しい風と一緒に排気ガスの匂いが運ばれてきた。

だけど、食事中ずっと香っていた人工的な花の匂いよりずっと落ち着く。

——今までも仕事相手に誘いをかけられることはあった。

後腐《あとくさ》れのなさそうな女性とは遊んだこともあったが、もうそんな付き合い方はしていない。

夕夏と出会ってから、夕夏以外は見ていない。

今まではプライベートなことは仕事中に話さないようにしてきたが、恋人がいるということはもっと言いふらしたほうがいいのかもしれない。

原永さんに直接彼女がいるか聞かれたことはなかったと思うが、噂でそういう話を耳にしていたのだろう。

——彼女持ちだということがわかる目印のようなものがあればいいんだよなと思う。

目印……と考えて、真っ先に思いつくのは、アクセサリー……指輪だ。

せっかくなら夕夏の指にもお揃《そろ》いで付けたい。そう、結婚指輪のように……

そこまで考えて、光が差し込むようにいいアイデアが浮かんだ。

——天啓《てんけい》だ。まさに、天啓《てんけい》。

結婚。夕夏と結婚すればいい。

そうすれば、ずっと一緒にいられる。

付き合い始めて数か月ほどで結婚を切り出しても、いきなりは難しいかもしれないが、ゆっくり進めていけばいい。まずは一緒に暮らし始めて……

夕夏が「おかえりなさい」と迎えてくれる姿を、俺はうっとりと想像したのだった。

◇◆◇

ピピピピピ……ベッドの横で電子音が鳴り響いている。うるさいのに、頭が痛くて体を起こせない。

一旦止まって、もう一度鳴り始めた。

これ以上鳴らし続けるわけにはいかず、私は無理矢理体を動かした。

——土曜日に隼さんとデートしている途中で気分が悪くなり、昨日は一日中寝ていた。

それなのに、体調は全然よくなっていない。

でも、今日はもう月曜日。しかも会社に行く時間だ。

ようやく身を起こして、目覚まし時計を止めることができた。

「仕事、行かなきゃ」

口に出して、勢いをつけて動いた。

こんなことくらいで仕事を休んでいたら、隼さんの彼女なんてやっていられない。彼の周りは、綺麗《きれい》な人ばかりだ。

――わかっていたはず。彼はすごくもてること。

私は彼には不釣り合いだと思いながら、気づけば好きになっていた。

隼さんに不安に感じた想いを伝えることすらできずに、部屋の隅で布団をかぶって寝ていた自分に嫌気がさす。

だったら努力をすればいいのに。

――どうやって？　私でも、彼女みたいにオシャレになれる？

彼に、不安だと訴えたらいい。

――それで煩《わずら》わしいと思われたら？

あの人のことなど、気にせずに傍にいたらいい。

――私よりもあの人のほうが、すでにずっと傍にいる……

頑張って浮上しようとしても、私の中のもう一人の自分が、前向きな考えを次々に潰《つぶ》していく。

頭をぶるぶるっと振って、熱いシャワーを浴びた。

今は考えないほうがいい。どうにかこの不安な気持ちを一人で克服《こくふく》しようとしたけれど、どんどん深みにはまっていってしまうだけだ。

私は、隼さんのことを考えないようにして仕事に向かった。

職場につくと、まずメールの確認とホームページに寄せられた問い合わせの確認を行《おこな》う。

問い合わせの内容を確認し、返信をする。

郵便物をすべて開封し、建築関係、工事関係など各部署へと仕分けをしてその書類の記録をすべて保存しておく。

毎日毎日かなりたくさんのメールや手紙が届いて、これだけでも数時間かかることもある。

私は各部署への窓口をしており、すべての連絡が私に通される。

忙しい時期は電話が十分おきにかかってきて、他の書類作成ができないような状態にもなる。

これをもう一人の年配の女性、三木《みき》さんと二人でやるので、勤務時間中は結構忙しい。だが時間外の受け付けは基本的にしないこととなっているので、ほぼ残業がないのがいいところだ。

「田中さん、休憩《きゅうけい》しない？」

三木さんにコーヒーを差し出されて、私は仕事の手を止め顔を上げた。

「ありがとうございます」

カップに注《つ》がれたカフェオレに、私はほっと体の力を抜いた。知らず知らずのうちに肩に力が入っていたらしい。

「朝から今日はずいぶんやる気ね？　書類があっという間になくなっちゃったわ」

冗談めかして言われ、私は机を見渡して気がついた。なにも考えたくないと思っているうちに、勝手に一人で処理してしまった書類がたくさんあった。

「すみませんっ。確認してもらわずに進めちゃって」

「いいのよ。楽になって助かるわ」

その言葉を聞いて少し安心し、カップを持ち上げた。

「こんにちは～」

ちょうどそこに、機械メンテナンスの人が入ってきた。

「あら、いらっしゃい。ちょうど休憩《きゅうけい》していたのよ。時間があるならコーヒーでもどう？」

「マジっすか。いただきます」

大きな体を折り曲げてお辞儀《じぎ》し、彼は笑った。

彼——中原《なかはら》さんは、機械のメンテナンスのために毎週うちの事務所に顔を出す。

中原さんは体が大きくて人懐っこく笑う、大きな熊さんのような人だ。

「それを狙って、今日は手土産《てみやげ》があるんですよ」

にっこりと笑って彼が出してきたのは、大きな体に不釣り合いな可愛らしい箱。

「もらい物なんですが、お二人でどうぞ」

私に向かって差し出されたので、反射的に手を出して受け取った。

中には、プチフールがいくつも並んでいた。

「わあ。ありがとうございます」

私がお菓子を受け取っている間に、三木さんが中原さんの分のコーヒーを淹《い》れる。

「今日の田中さん、なんか元気ないですね」

お菓子をぼんやりと眺《なが》めている時に、ぽつりと言われた。

「えっ……？」

「あ、いや、すみません。なんとなく、落ち込んでいるような感じだなと思って」

彼の洞察力《どうさつりょく》に目を瞠《みは》ると、三木さんも言う。

「そうでしょ？　私も朝から気になってたのよ。はい、中原くんコーヒー」

「ありがとうございます。田中さん、体調でも悪いんですか？」

二人から同じことを言われて、さらに驚く。わかりやすいくらいに私は落ち込んでいたのだろうか。

「体調は悪くないんですが……もっと、綺麗《きれい》になりたいなあと落ち込んでて……」

言いながら、なにを言っているのかと思った。

友人ならまだしも、職場の人に愚痴《ぐち》る話ではない。

なんちゃって、と打ち消そうとした私の言葉を待たずに、中原さんが叫んだ。

「なに言ってるんですか！　田中さん、充分綺麗《きれい》ですよ！」

私が目を見開いて固まると、彼の顔は見る見るうちに赤くなっていった。

「いやっ……！　最初から可愛い人がいるなって思っていて……って、なに言ってんだ、俺」

彼はわたわたと両手を振り回してから、ぐっと握《にぎ》り拳《こぶし》を作って私と目を合わせた。

「最近、さらにすごく綺麗《きれい》になったなって思っています」

真正面から真面目な顔でそんなことを言われて、私はなんて返事をしていいかわからない。

三木さんだけが「あらぁ」なんて、嬉しそうな声を上げていた。

「え……と、ありがとうございます」

励ましてくれたのがわかって、私はお礼を言った。

——最近、さらに綺麗《きれい》になった。

そう言われたのが嬉しかった。

最近私にあった変化と言えば、隼さんと付き合い始めたこと。

一昨日《おととい》、原永さんに会って、自分との違いを感じて落ち込み、以前の自分よりマシになったと感じていた気持ちさえも忘れていた。

本当に些細《ささい》な変化かもしれないけど、私は前進できている。

——そういえば、そう思っていた。

祐子から海に誘われた時。

「行きたい」と素直に思えた。

ちょっと大胆《だいたん》な水着だって、着てみたいと思えた。

私は、自然に殻を脱いでいたんじゃないか。

自分を卑下《ひげ》する必要なんてない。私は私だから。変わりたいなら、ゆっくり変わればいいと思えた。

私がふふっと笑い声を上げると、不満そうな顔になった中原さんが言った。

「お世辞《せじ》じゃないですよ?」

私は頷《うなず》いてお礼を言う。

「本当に、ありがとうございます」

中原さんに、「自信を持って」と背中を押してもらえたようで嬉しかった。

「あらぁ、若いっていいわね」

三木さんがニヤニヤしながら言う。

それから私たちは三人で楽しくコーヒーブレイクし、それぞれの仕事に戻った。

――パソコンに向かいながら、ふと考える。

私は私のペースで成長していくしかないじゃないか。

変に格好つけず、今の素直な気持ちを隼さんに伝えよう。

彼の仕事が忙しくて寂しかったこと、一昨日《おととい》は久しぶりのデートだったのに他の人も一緒になって残念だったこと、その女性がとても綺麗《きれい》で気後《きおく》れしてしまったこと。

彼ならきっと、私の不安も丸ごと受け止めてくれる。

体面を保つことばかりを気にして、隼さんさえも信じられなくなっていた自分を反省した。

そうと決めたら心は軽くなり、朝の憂鬱《ゆううつ》さが嘘みたいに穏やかな気持ちでその後の仕事に打ち込めたのだった。

4

その日の夜、私は自分の家で、スマホを前に正座していた。
この不安な気持ちは、いつまでも一人で抱えていたらダメだと思う。
自力で解決しようとしたけれど、無理だ。
大きく深呼吸をして、スマホを持ち上げる。
普段は遠慮《えんりょ》して、忙しい隼さんに自分から電話をかけることはない。
だけど、今日は――
勢いをつけて、スマホの画面をタップした。
プルルッ。
私は両手でスマホを持って、耳に押しつけていた。
長いコール音。かけ直そうかと思っていると、ぷつっと電子音が途切れる。
『うわっ？　あれ、切れた？　いや、もしもし？』
がたがたという物音の後、慌てたような隼さんの声が聞こえた。
「はい。あの……夕夏です」

わかり切っているが、言葉が出てこなくて名前を言った。

『よかった、間に合った！　夕夏から電話くれるなんて珍しいね。どうした？』

「忙しい時にごめん」

電話の向こうはざわついている。隼さんはやっぱりまだ仕事のようだ。

『いいよ。なにかあった？』

バタンとドアの閉まる音がして、電話の向こうが静かになった。

——迷惑をかけている。胸がぎゅっと痛くなる。でも、今日は言うと決めて電話をした。

「あのっ……隼さん。今日、会いたい」

『わかった。あと一時間はかかるけど、その後、夕夏の家に行く』

理由も聞かずにあっさりと返ってきた了承の言葉に、私のほうが慌てた。

「えっ、来てもらうなんて悪いから、私が行くからっ！」

『なに言ってんの。夜遅くなるのに、一人で外に出るんじゃない』

低い声で怒ってから、隼さんが笑う。

『俺は毎日でも夕夏に会いたいよ。夕夏が待っててくれるなら、喜んで行く』

その言葉に救われた。

……なにを、私は不安に思ったんだろう。

隼さんは、いつも私のほうを向いてくれている。私のことを、こんなに大切にしてくれるというのに。

「うん……。うん、待ってる」

『夕夏、まさか泣いてる？　――今すぐ行く』

声が震《ふる》えてしまって、隼さんが今にも駆《か》けつけてきそうな様子に、私はまたも慌てて声を上げた。

「違う！　違うの。大丈夫だからっ」

『夕夏、泣くのは俺の胸の中でだけだよ？　一人でとか、他の男の胸で泣いたりしてないだろうね？』

「しっ……してない」

低い低い声が聞こえてきて、思わず背筋を伸ばした。

『本当だろうね？　泣いてたら……それ以上にベッドで啼《な》かすよ？』

「泣いてません！」

声を張り上げて返事をすると、『ふうん』と窺《うかが》うような声が聞こえた。

「待ってるから。仕事終わったら、会いにきて」

『ん。了解』

とりあえず納得してくれたみたいで、通話は終わった。

私は天井を見上げて大きく息を吐いた。

隼さんを信じきれず、一人で追いつめられていた自分が情けない。

最初から、こうやってちゃんと想いを口にすればよかった。

――隼さんの彼女でいる限り、これからも不安に襲われることがあるだろう。私じゃなくて、もっと美人がたくさんいるのにって気持ちは、どうしてもあるから。

でも、それでも私は隼さんの傍にいたい。人の目ばかり気になって、自分に自信が持てない私だけど、少しずつ強くなるから待っていて……

歩みは遅いかもしれないけど、私は隼さんと一緒にいることで、少しずつ変われている。彼が私に自信をくれるから――

◇◆◇

一時間ほど前に夕夏からの電話を受けた俺は、猛然《もうぜん》と仕事に取りかかった。

今日やるべきことは、ようやく終わった。

――会社で残業中だったが、急いでスマホを確認して本当によかった。

初だ。初コール。思わず記念日登録したくなる。

しかも、用事が『会いたい』ときた。テンションが上がりすぎる。

「というわけで、俺、帰るな！」

「待ってくれ。新婚の俺が残ってるのに、お前が先に帰るのか」

そう康司に言われたけど、知ったことか。俺の仕事はもう終わったんだ！

会社に残っているのは、すでに俺と康司だけになっていた。

「あとはチェックだろ。基本お前の仕事だ」

今、手がけているプロジェクトも終盤だ。さっき提出した書類を康司が確認し、決裁《けっさい》が下りれば俺はお役御免《やくごめん》となる。これが終われば、この忙しさも解消されるし、あの厄介《やっかい》な女――原永さんにも会わなくてよくなる。

「そうだけど！　横でお前がこの書類の説明をしてくれたら早いんだよ！」

「俺は夕夏が待ってる」

「俺は祐子が待ってるんだー！　頼む～！」

康司の叫びを背中に聞きながら、俺は会社を出た。

この時間から夕夏の家に行くなら、お泊まりセットを買って行ったほうがいいだろうかと考えていたところ、声をかけられた。

「岩泉さん」

顔を上げると、ビルの前に原永さんが立っていた。偶然通りかかったというより、待たれていたと感じる。

「原永さん、偶然ですね。じゃあ、また」

またなんて、プロジェクトが終わるのでもうないのはわかり切っているけれど、そう言って通りすぎようとしたのだ。

「あの、待ってたんです。今からお食事に行きませんか？　もう、一緒にする仕事も終わったし、遠慮《えんりょ》なんてしなくてもいいと思うんです」

待っていたと正直に言われると、それはそれでうんざりする。しかも、遠慮《えんりょ》ってなんだ。まるで、今までは仕事のせいで付き合うことができなかったと言いたげな口調だ。

「いえ、今から彼女のところに行くので」

きっぱりと断ると、彼女は眉根を寄せて口を尖《とが》らせた。

「だから、もう一緒にするお仕事は終わったんだから、誰にも遠慮《えんりょ》する必要はないんです」

――遠慮《えんりょ》？　誰に？

彼女がなにを言い出したのかわからず、俺は首を傾《かし》げた。

「岩泉さんが、無理矢理そこら辺の女で性欲を紛《まぎ》らわせなくてもいいんです。だって、今日からは私がお相手できるんですもの」

うふふ。両手で頬《ほお》を押さえて可愛く笑う女から、俺は一歩後ずさった。

――なんの話だ。性欲を紛《まぎ》らわせるってなんだ。どこからそんな話が出てきた。

「もう、女性からこんなこと言わせるなんて、男性失格ですよっ？」

非常に可愛らしい言い方だが、ぞわっと産毛《うぶげ》が総毛立つような気持ち悪さを感じる。

きっぱりと断ったはずだが、今の今まで、まったく伝わっていなかったらしい。

俺はじりじりと彼女から離れながら、きっぱりと言った。

「そんなつもりはまったくありません。あなたとは、仕事がなければ会うこともないでしょう。では」

もう二度と、絶対に会いたくない。腕に鳥肌が立っているのを感じながら、俺は踵《きびす》を返した。

「えっ？　岩泉さんっ？　——隼っ」

いきなり呼び捨てにされて、「失礼ですよ」と言おうかとも思ったが、無視が一番だ。

彼女は、俺がなにを言っても自分の都合のいいように変換している気がする。

俺がなにも反応を返さないでいると、それ以上追いかけてはこなかった。

夕夏の家に行くと浮かれていたというのに、水を差された気分だ。

夕夏のアパートに着くと、夕夏の部屋の明かりがついていた
たったそんなことでと言われるかもしれないが、それだけで気分が浮上する。
俺はスキップでもしそうな軽い足取りで夕夏の部屋へと向かった。

◇◆◇

夕食もお風呂も終わらせて、もこもこのタオル生地のパジャマを着て膝《ひざ》を抱えて座っているとチャイムが鳴った。

「夕夏ぁ」

急いでドアを開けると、隼さんがいきなり飛びついてきた。

「ひゃっ！　隼さん？　どうしたの？」

「あああ、可愛い。俺の夕夏は本当に可愛い。ああ、どうしてこんなに可愛いんだろう」

いきなり抱きつかれ、ぐりぐりと頭に頬《ほお》をこすりつけられて、なにがなんだかわからない。

「ちょ、隼さん、酔ってる……⁉　んむっ」

お酒の匂いはしないけれど妙なテンションだ。離れようとしたら、唇が塞《ふさ》がれた。

「ん……ふ、ぁっ」

久しぶりのキスに、簡単にその気になってしまう。耳を塞《ふさ》ぎたくなるような声が抑えきれずにこぼれ出る。

「可愛い」

ぺろっと唇を舐《な》められたかと思ったら、口内にすぐに舌が入り込んできて翻弄《ほんろう》する。

歯列をなぞられて、ふるっと背中が震《ふる》える。

唇が離れた時には、唇はじんじんするし、頭はぼんやりして、息遣いは荒くなってい
て、すごく恥《は》ずかしい状態だった。

「夕夏、色っぽい。このまま抱いてしまいたいけど……話があるって言ってたよな」

心底残念そうに言う隼さんをグーで殴ってから、リビングへ促《うなが》す。私はよたよたとソ
ファへと歩いた。

足に力が入らなくなってる。

今から、真面目な話をしようと思っていたのに、格好がつかない。

ぽすんとソファに座って、隼さんを睨《にら》み上げた。

隼さんも、私の隣に座った。

「ごめんごめん。ちょっと気分が落ち込むことがあって。先に癒《いや》しをもらった」

そう言いながら、今度は私の頬《ほお》にキスをして、首筋のほうまで動こうとする。

「つん、もう、隼さん、話聞いてくれないの？」

本当はもっとあちこちに触れてほしいと私だって思っているけれど、これじゃあ呼び
出した意味がない。

「聞くよ。だけど、もっと抱きしめさせて」

——隼さん、なにがあったんだろう。私に触りたがる隼さんを一生懸命押し退《の》けて、

私は言った。

「原永さんのことなんだけど」

「――――原永？　あの人、夕夏になんか言った？」

隼さんの声が突然低く、明らかに怒りを含んだものになった。

「え!?　なにも言われてないよ。言われてないけど……綺麗《きれい》な人だなと思って」

「はあ？　まったく」

嫌そうな隼さんの反応に、私は目をぱちくりさせながら、首を傾《かし》げる。

「綺麗《きれい》じゃない？」

「夕夏のほうが綺麗《きれい》だし可愛い」

すんなりとそんな言葉が出てくるので、私は照れて彼の顔を見られなくなってしまう。

「夕夏、彼女になにか言われたりされたりした？　それなら、それなりの報復を俺が彼女にするけど」

それなりの報復ってなんだろう。少し気になるけど、怖いから聞かなかったことにしよう。

私はなにもされていないと首を横に振ってから、小さい声で言う。

「彼女が綺麗《きれい》だから……いつも彼女と一緒にいるのかと思ったら、不安になって」

こんなに好きだと言ってくれる人に対してなにを言っているのかと思う。

「ごめんなさい」

彼を信じられなかったことが申し訳ない。私は目の前の隼さんの首にギュッと抱きついた。

隼さんは、私を力強く抱きしめ返してくれて、安心する。

「夕夏、寂しかった？」

低くて優しい声が鼓膜を震《ふる》わせる。

私は黙ったまま、小さく頷《うなず》いた。

「寂しかった。会いたくて、でも、ワガママ言って迷惑がられたらって考えて……」

隼さんは、私の言葉に小さく噴き出した。

「バカだな。俺が夕夏の言葉を迷惑がるはずなんてないだろ」

おでこをくっつけて、目を合わせた。

知らず知らずのうちに涙がにじんでいたらしく、隼さんの顔がぼやけてしまう。

「私っ……、自分に自信が持てなくて。隼さんの彼女として、ふさわしくない」

――改善はしていると思う。

だけど、まだまだ足りていないと思う。

隼さんがくれる言葉に必死で掴《つか》まって、隣にいられているだけだ。

自分ではなにもせずに、彼の言葉に縋《すが》っている。自分一人で立つことすらできない自分に苛立ちさえ感じる。

「そんな風に難しく考えないで。夕夏は夕夏のままでいい」

それなのに、隼さんは私の悩みをいとも簡単に吹き飛ばす。

私は思ってもみない言葉に、目をぱちくりとさせた。

私は彼にふさわしくないとか、もっと自信を持たなくちゃとか、そんなことばかり考えていたというのに。

「自分を卑下《ひげ》しないで。できないって悲しむ必要なんかどこにもない」

今まで自分がこだわっていたことと反対のことを言われて、私は目を丸くする。

「頑張ろうとして、肩ひじ張ってないで。自然体の夕夏が好きだよ」

くすくすと笑いながら、隼さんは私を覗《のぞ》き込む。

言われたセリフに、目元が熱くなる。

私はぎゅっと彼に抱きついて、自分からキスをした。

驚いた顔の隼さんの目を見ながら、私は一生懸命言う。

「好き」

目を丸くしていた彼は、いっぱいいっぱいな私を見てさらに笑って言う。

「俺も好きだよ。——夕夏、抱きたい。いい?」

……わざわざ聞かないでほしい。よくないはずがないのは知っているはずだ。

聞かずに押し倒してくれたらいいのにと思いながら、私は隼さんの顔を見られないままに頷《うなず》いた。

隼さんは笑って、真っ赤に染まっているであろう私の耳の傍でささやく。

「だけど、シャワーも浴びたいんだ。いい？」

申し訳なさそうな声に、このまま始めてしまうと思っていた私はほっと気が抜けて言う。

「あ、うん。どうぞ」

今日も一日忙しかったのだろう。シャワーを浴びるくらい構わない。その間に寝室に行って待っていようと思った。

――――のだけど。

「あっ、あれ？ 私は寝室に行ってるよ？」

隼さんが私を抱えて突然歩き出すから、慌てて引き留める。

「だから、シャワー浴びるんだよ」

――知ってるから。私は置いていってもいいと思う。

抱えられているせいで彼の背中しか見えない。彼の背中をばんばんと叩いてみた。

「待ってるから」

「俺は待てない」

間髪容《かんはつい》れずに言われる。

「私はお風呂入ったからっ……!」

「シャワー浴びるのも夕夏を抱くのも一度にしたい。そのほうが時短だ」

効率的だというような言い方をするから、思わず言い返した。

「時短って、なんか手抜きっぽい!」

叫んだ途端、隼さんのまとう空気の温度が二、三度下がったような気がした。

失言だったとわかったけれど、言葉が出ないままに固まった私の背中側から低い声がする。

「――へえ、手抜き? そんな風に思われるなんて。今日はじっくり懇切《こんせつ》丁寧に可愛がるとしよう」

「待ってえぇ」


あっという間に服を脱がされて、浴室の中に放り込まれた。

――自分で脱ぐよりも早いかもしれない。

タオルもなにも持たせてくれないから、自分を抱きしめるようにして体を隠した。隼さんに背中を向けて、どうにか裸を見せないようにしているというのに、明るい浴室でもなにも隠そうともしない隼さんが私をうしろから抱きしめて言う。

「さ、夕夏から洗ってあげようかな」

隼さんの片手が石鹸に伸びる。

「私はいいからっ！　さっきお風呂には入ったの。もう洗ったの。ぴっかぴかなの」

ぬるりと胸の下に潜《もぐ》り込んできた手を押しとどめながら叫んだ。

石鹸《せっけん》が隼さんの手から滑り落ちて、かたんと音をたてる。

「ぴっかぴか？　へえ」

体全体が浮き上がったと思ったら、浴槽《よくそう》のふちに壁を背にして座らされる。

両脚を持ち上げられて、不安定な体勢に思わず声を上げてシャワーコックにつかまった。

「ああ、本当。ピンク色で綺麗《きれい》だ」

すべてが丸見えになった状態で、隼さんがうっとりとつぶやく。

「ちがっ……！　まっ……！」

反論しようと声を上げたのに、そんな私を無視して、彼は花芽に吸いついてしまう。

「ふぁっ……んっ、やぁぁん」

くちゅくちゅと隼さんが蕾《つぼみ》を転がす音と、私の喘《あえ》ぎ声が浴室内に響き渡る。

彼の舌は割れ目に沿って下に下りて、膣の入り口をぐるぐると舐《な》めまわす。

そんなことをされたら、体の奥がうずいてきてしまう。

「ん？　ここ、ぬるぬるしてるよ？　もっと洗ったほうがいいんじゃないかな」

入り口をぺろぺろと舐《な》めながら彼が言う。

――そんなの、隼さんのせいだ。

「は、んんぅ。ンっ……」

口を押さえて首を横に振ると、隼さんは悲しそうな顔をした。

「ああ、違うよ、夕夏。汚いって言っているんじゃない。――俺がもっと綺麗《きれい》にしてあげるって言ってるの」

ニヤリと笑った彼は、ぐちゅっと音を立てて私の中に指を突き立てた。

「んあっ！」

突然の刺激に背を反《そ》らせても、彼は私の中をぐちゃぐちゃにかき混ぜてさらに愛液を溢《あふ》れ出させてしまう。

「次々溢《あふ》れてくるね。俺が綺麗《きれい》にしてあげるよ」

指を入れたまま、隼さんはそこに口を近づけてすすり始める。

私は首を横に振って快感に耐えながら、声を絞り出した。

「ちがっ……ちがうのぉ。やあぁ、むり、だめなの」

「無理？　大丈夫だよ。俺に任せて」

奥のほうをくいっと指でひっかかれて、びくんと体が揺れる。

その指が外に出てくると、隼さんの笑い声がする。

「ふふっ、また溢《あふ》れてきたよ。腕に滴《したた》り落ちていきそうだ」

涙で霞《かす》んでしまった視界のまま、隼さんを見て、わかってもらおうと必死で言葉を紡《つむ》いだ。

「ダメなの。でちゃうの。隼さんに触られると、でちゃっ……ぁんっ。やぁぁんっ。いっぱいでちゃうのぉ」

言っている最中にも指を動かされて、目をぎゅっと閉じると、涙がぽろっと頬《ほお》を伝っていく。

ごくりと、隼さんの喉《のど》が鳴る音がした。

「そう……どうして出ちゃうの？」

中に入れられる指が増えたのか、圧迫感が増す。

さらに彼の親指が花芽をつぶす。快感に頭の中が白く塗《ぬ》り潰《つぶ》されてしまいそうになる。

「つきもち……いいからっ。いっぱい気持ちいいからっ、でちゃ……っあぁっ」

突然激しく抜き差しをされて、見え始めていた快感の光が一気に近づいてきた。花芽を吸われた瞬間、ぱんっと頭の中で光がはじける。

「――――やあぁあぁっ」

びくんびくんと体が波打つように揺れて、急激に体から力が抜ける。

ぐったりした体を抱き上げられて、バスチェアに座った隼さんの膝《ひざ》に対面する形で座らされた。

私はぼんやりした頭のまま、隼さんに抱きついた。

「夕夏？　今度は夕夏が洗って？」

はい、と言って手渡されたのは石鹸《せっけん》。

私は両手で石鹸《せっけん》を持って、手の中で泡立てると、素直に彼の胸に手を這《は》わせた。

程よく筋肉がついた胸が私の手の下で震《ふる》える。

弾力とぬくもりが気持ちいい。

胸からお腹を掌《てのひら》で洗って……その下にはいかずに腕に手を伸ばした。「焦《じ》らすね」なんてつぶやきが聞こえたけれど、顔を上げないままに無視をした。

屹立《きつりつ》した彼自身が見えないはずはないけれど、いきなり触る勇気はない。

次は背中にいこうと石鹸《せっけん》を握《にぎ》り直したつもりが、手が滑って私と隼さんの体の間にするりと滑って挟《はさ》まってしまう。

「ふあっ……！」

胸の間を滑っていった石鹸《せっけん》の感触にさえ、敏感《びんかん》になりすぎた体は反応してしまう。体を揺らすと、石鹸《せっけん》が床に落ちた音がした。

「ああ、落ちちゃったね。じゃあ、泡がついてる夕夏の体で洗ってもらおうか」

そう言うと、隼さんは私の胸をやわやわと揉《も》んで体についていた石鹸《せっけん》を泡立ててしまう。

「んっ、んんぅ。体で、って……?」

首を傾《かし》げる私を膝《ひざ》から下ろして、隼さんは背中を向ける。

「そう。俺の背中に体ごと覆《おお》いかぶさって」

「えっ」

驚いた声を上げても、隼さんは背中を向けた姿勢からまったく動かない。

私の胸元には、程よく泡がついている。

恥《は》ずかしいとは思うけれど、隼さんに見られてはいないので、できないと思うほどの羞恥心《しゅうちしん》はなかった。

それよりも、さっき泡立てるためだけに触られた胸が、刺激をほしがっている。

私はそっと隼さんの背中に抱きついた。

上下に体を揺らしてみる。

すでに尖《とが》ってしまっている胸の先端が彼の逞《たくま》しい背中の筋肉に触れて、もっともっとと刺激を求め始める。

今できるだけの力を両手に入れて、彼の背中に自分をこすりつける。

——あんまり夢中で抱きしめ続けたせいだろうか、隼さんが大きな息を吐いた。

それに驚いて体を離すと、振り向いた彼が両手を広げる。

なにも考えないままその腕の中に飛び込むと、隼さんは私の耳たぶを噛んで言う。

「さあ、こっちもやってみようか」

目を合わせて、手を彼自身に誘導された。

されるがままに触れた彼自身は、熱くて脈打っているようだった。

「大丈夫？」

聞かれて、私は思ったよりというか……まったく抵抗がないことに気がついた。

恥《は》ずかしがってよく見たことがない彼自身を、手の中に握《にぎ》って初めて見た。

握《にぎ》ったままじっと見ていると、熱いシャワーが降ってきて、私と隼さんの泡を洗い流していく。

シャワーが顔にもかかって、頭をぷるぷるっと振って上を見上げると、迷っているような表情をした隼さんがいた。

首を傾《かし》げたら彼は眉根を寄せて、「できないなら無理しなくていいから」と前置きしてからこう言った。

「夕夏、口でできる？」

――なにを？　なんて、冗談でも聞き返したら、「やっぱりいい」と言いそうなほど隼さんが弱気だった。

普段は俺様なイメージさえある彼の意外な一面を見た気がした。

私は返事もせずに、彼をぱくんと咥《くわ》えた。

「……っ、ゆう、かっ」

苦しそうな声に、まさか痛いのかと思って視線だけを上げる。すると目を潤《うる》ませて悩ましげに息を吐き、壮絶《そうぜつ》な色気を放つ隼さんがいた。

思わず少しだけ歯を立ててしまって、隼さんの体がびくんと揺れた。痛かったのだろう。申し訳なくて、歯を立てたところをぺろぺろと舐《な》める。

「はっ……あ……」

彼の熱い吐息が嬉しくて、一生懸命舌を動かす。

――男性はどこが一番気持ちいいのだろう。

女性だったら……先端？　だったら、ここだろうかと、隼さんが花芽を吸うようなイメージで先端をちゅうっと吸い上げてみた。

「ちょっ……ぅっ、くっ」

気持ちがよさそうな彼の声に、ドキドキする。

荒くなる彼の息に私まで興奮して、息が荒くなってくる。

「夕夏、おいで」

その彼の声にぼんやりと見上げると、微笑《ほほえ》んだ彼がそっと私を抱きしめる。

「すごく気持ちがよかったよ」

快感に茹《ゆだ》った頭のまま、また彼に跨《またが》った。

グイッと腰を強く引き寄せられて、私の割れ目に彼の屹立《きつりつ》したものが押しつけられる。

触れられていない時間があっても、私のその部分は、潤《うるお》ったままだ。

「夕夏のここ、すごく濡《ぬ》れてる。俺のを咥《くわ》えて、感じてた？」

ぐりぐりと彼を押しつけられて、奥がずくずくと疼《うず》く。

「ふっ……んんぅ」

中にほしいと口に出してしまいそうで、指を噛んで耐える。

「潤《うる》んで熱くて……ああ、気持ちいい」

上下に体を揺すられると、彼自身にこすられて気持ちいいけれど……私は、もっと先の快感を知ってしまっている。

「はっ、はやとさぁん」

もどかしさに彼の名前を呼べば、わかっているというようにニヤリと笑う。

「ほしいの？」

意地悪く聞かれて、別にって言えればいいのに、もうそんな余裕ない。

私はこくこくと頷《うなず》いて、はしたなくねだってしまう。

「だけど今、ゴム持ってないから、あとでね。すぐに体を洗うから、待ってて」

「ん、やぁっ……！」

体を離されて、私は手を伸ばして隼さんに縋《すが》りつく。

「可愛い。赤ちゃんできてもいいけど、やっぱり結婚後がいいしな」

隼さんは私をバスチェアに座らせて、一人で手早く体を洗う。

私は熱を持った全身をどうにかしてほしくて、身悶《みもだ》え続けていた。

しばらくすると、「お待たせ」と言いながらキスをされて、抱き上げられる。

早く触れてほしくて、隼さんの首に腕を回してぎゅうっと抱きついた。隼さんは私を抱きしめてお風呂を出る。

「ちゃんと拭《ふ》かないと風邪ひくだろ」

そう言いながら、彼は私をバスタオルくるんで拭《ふ》くけれど、いたずらな指がタオル越しに胸の先端をつまんだり下の口に触れたりするから、もどかしくて仕方がない。

「はやとさっ……！　早く。早くほしいの」

「そうだな。俺も早く夕夏の中に入りたい」

隼さんが下半身を私のお腹にこすりつけてくる。

どんどん私の頭の中は過熱していく。

隼さんは、さっき脱いだ自分のズボンのポケットから小さな袋を取り出す。

「さあ、夕夏。鏡に手をついて、こっちにお尻を向けて」

言われたとおりに脱衣所の鏡に手をつくと、鏡の中の私と目が合った。

真っ赤な顔をして、目を潤《うる》ませている表情は、自分でも発情している顔だとわかる。

そんな自分を見るのが恥《は》ずかしくてうしろを振り向くと、彼が私の頬《ほお》にキスをして言う。

「綺麗《きれい》だよ。壮絶《そうぜつ》に可愛い。そのまま俺をほしがって」

彼の指が私の下半身に伸びて、綺麗《きれい》に拭《ふ》いたはずなのにぐちゅぐちゅと、水音を立てた。

「どうしてほしい？」

背中にキスをされながら聞かれて、私は我慢できずに叫んだ。

「焦《じ》らしちゃいやあ。隼さん、入れて。入れてほしいの」

軽い笑い声と一緒に熱い吐息が背中に落ちてくる。

「じゃあ、入れてあげよう」

その言葉と一緒に、私の体が押し開かれていく。

他の物では得られない圧迫感は、頭の芯《しん》が痺《しび》れるような快感を連れてくる。

「あぁあっ。んん……っ！」

「なんの抵抗もなくずぶずぶ入っていくよ。夕夏のココは、あっという間にいやらしくなったね」

意地悪な言葉に、私はいやいやと首を横に振る。

受け入れている途中だというのに、隼さんは花芽も同時にいじり始めてしまう。

「あっ……あっ！　ンッ、一緒に触っちゃだめぇ」

「ん？　こっちも？」

そんなこと言ってないのに、花芽をいじっている手とは逆の手が胸を掴《つか》んで親指と人差し指で先端をくにくにとつまんで動かす。

「だめっ。そんなことしたら、や……ぁっ！　いっちゃうっ……！」

「――うん。じゃあ一緒にいこうか」

そう言うと同時に、隼さんは私の腰を掴《つか》んで激しく揺さぶり始めた。

私と隼さんがぶつかり合う音に交じって、水音がぐちゅぐちゅと聞こえる。

あまりの激しさに、私は口を閉じることもできずに喘《あえ》ぎ続けた。

そして、ひときわ強く奥に打ちつけられた時、私の頭の中でなにかが弾け飛んだ。

「あっ、あぁ……ああああぁぁっ」

背を反《そ》らして声を上げる私を抱きしめて――

「くっ……ぅ」

と、隼さんも小さく呻《うめ》いた。

脱衣所で立てなくなった私を、隼さんはベッドまで運んだ。

優しくベッドの上に下ろされて、このまま布団にくるまって眠ってしまいたくなる。

裸のまま運ばれたので、なにか着るものがほしいなあと思いながら、もういいから眠ってしまおうかとも思う。

隣に寝そべった隼さんにすり寄りながら私は聞く。

「隼さん、今日お泊まりする……？」

瞼《まぶた》をどうにか上げて聞くと、隼さんは驚いたように言った。

「当たり前だろ」

私は嬉しくて笑った。

そして、すぐさま不穏な動きを始めた隼さんの手を捕まえた。

「もう、だめ……」

彼に向かって言っている途中で、眠気が襲ってくる。

「夕夏、眠いの？」

瞼《まぶた》を閉じようとしている私を見て、隼さんが聞いてくる。

「寝るのは、まだ早いよ？」

「――――ふえ？」

グイッと抱き寄せられた。隼さんの唇が降ってくる。

舌を絡ませられて口の端《はし》から呑み込めなかった唾液《だえき》が流れていった。

そして、またも動き始める手に、私は抗議の声を上げる。

「もう、眠いからやめて」

手の甲で顔をこすりながら言うと、隼さんはにっこりと笑った。

そのわざとらしい輝く笑顔に、私の背中が一気に冷える。

「は、隼さん……？」

「夕夏を不安にさせていただなんて。俺の愛し方が足りなかったんだろう？」

そう言いながら、彼の舌が首筋をたどり始める。

「ま、待ってっ……！　あの、あのね、足りなくなんかなくてっ……！　っあ」

するりと割って入ってきた隼さんの手に花芽をつままれる。

「隼さん、私、眠いんだけどっ」

「寝るのは、あとでね。愛して愛して一晩中可愛がり尽くしてあげるよ」

うっとりと私を見る隼さん。私は顔を引きつらせる。

「いや、明日も仕事で……」

「俺がどれだけ夕夏を愛しているのか、他の女なんて目に入らないのかを証明しなきゃな」

「は、隼さん……？」

「——愛してるよ」

隼さんは、限りなく優しい声と甘い笑顔で私の反論を封じたのだった。

5

隼さんに愛されすぎた次の日、どうにか一時間遅れで出社した。本当の理由は言えないから、体調不良と伝えて。

「あら、田中さん、ぎっくり腰？」

「ええ、まあ……はは」

三木さんに言われて、私は渇《かわ》いた笑いを漏らすことしかできなかった。

――平日に、ここまでする!?

こんな理由で半休を取ってしまったことが申し訳なくて、立ち上がれない分、パソコン作業を必死でこなした。

――それもこれも、もとはと言えば、私が原因。

思い返してみれば、私が不安になった原因はなんだったか。

彼がなにかした？　いや、なにもしていない。あの女性が隼さんを好きそうな様子を見せただけ。

食事の席を一緒にすることを許したのは私。

その後、苦しいと言って帰らせてもらい、その後、一人で苦しんだのも私。

隼さんに言えば、すぐに解決したことを、自分でややこしくした。

『愛してるよ』

昨夜の隼さんの言葉が脳内でリフレインする。

そう言った時の、彼の複雑な表情を思い出す。

――怒ってた？　ううん。傷ついていたのかもしれない。

何度も何度も愛をささやかれて、なぜか涙が止まらなくなった私を、隼さんはずっと抱きしめていてくれた。

私の見栄も、強がりもなにもかも、彼にはお見通しな気がしてならない。

これからは、自分に素直に、もっと彼を信じたいと思う。

昨日までの不安が嘘のように、体は辛いけど、心は満ち足りている。

私は穏やかな気持ちで仕事に励んだ。


午後になってようやく腰が伸ばせるようになって、終業時刻を迎えた。

「お疲れ様でしたー」

さすがに今日は隼さんに会うことはできないけど、もうすぐまた仕事帰りに会える日が来そうで嬉しい。夏休み前からずっと忙しかった仕事が、一段落するらしい。そうすれば、『今日会える？』なんてメールを彼に打てるようになるかもしれない。

そう思いながら、私は会社を出た。

体は辛いのに、なんだかとても気分がいい。

夕飯は、ちょっと贅沢《ぜいたく》をしてお弁当を買ってしまった。

知らず知らずのうちに微笑《ほほえ》みながら、私は家へと帰り着く。

すると、アパートの前に人影が見えた。

なんとなく、軽く会釈《えしゃく》をして通り過ぎようとしたところで、気がつく。

――原永さんだ。

私が気がつくと同時に彼女も気がついたみたいで、眉根を寄せて私に近寄ってきた。

「どうしてここにいるの？」

「え？」

自分のアパートに帰ってきて文句を言われるとは思わなかった。

どうしてそんなことを聞かれるのかわからなくて戸惑っていると、彼女はさらに不快そうに顔を歪《ゆが》めて言う。

「まさか、押しかけて来たの？　隼、優しいから、まだ誤解させたままなのね」

「は……はやと？」

目を白黒させると、原永さんはため息を吐いて言う。

「私と隼、昨日から付き合ってるの。プロジェクトが終わって、やっとプライベートで一緒にいられるようになったのよ。いい加減、彼のことは諦《あきら》めなさい」

「はっ……!? そんなわけありません」

――初耳だ。っていうか、明らかにおかしいと思う。

すぐさま否定すると、彼女は怒るのではなく、悲しそうに私を見た。そうして、首を傾《かし》げて横に首を振る。

「昨日はちょっと喧嘩《けんか》しちゃったけど、私たち、愛し合ってるの。もしかして、そこに付け込む気だったの？」

すごく呆《あき》れたような表情をされているけれど、彼女の言っている言葉がうまく頭に入ってこない。

私が目を白黒させていると、原永さんは大きなため息を吐いて言う。

「まだ、会社には内緒なんだけど、新居の話まで出ているの。もうすぐ結婚ってことになるわ」

騙《だま》されてかわいそうに――そう言いたげに原永さんが私を見る。

――状況がよくわからない。原永さんの言うことを、鵜呑《うの》みにして不安になる必要もないとわかる。言いたいように言わせておけばいいのかもしれないけど……ここで負けちゃいけない気がした。

「いいえ。私と隼さんは付き合っています。だから、そんなはずありません」

ぐっと顎《あご》に力を入れて言う。そうでもしないと彼女の自信満々な態度に震《ふる》えてしまいそうだった。

「思い違いをしてるのは、あなたのほうよ。——隼が申し訳ないことをしたわね、彼に代わって謝るわ」

——また隼さんを呼び捨てにした！　私は彼女を睨《にら》みつけながら言う。

「隼さんを呼び捨てにしないでください。彼は私と付き合っています。私たちは愛し合っています」

——きっと、少し前の私だったら、こんなに真っ直ぐ立てていなかった。

グラグラと揺れて、隼さんの浮気を疑っていただろう。

——昨日の喧嘩《けんか》。私の家に来た時、彼は『気分が落ち込むことがあった』と言っていた。もしかして、彼女となにかあったのかもしれない。

それがなにかはわからない。だけど、彼は浮気なんてしていない。

私に会った時の彼の表情が嘘だったなら、私はこの先なにも信じられなくなる。

私が一歩も引かないことを悟《さと》ると、原永さんは呆《あき》れ果てたというように、大きなため息を吐いた。

「思い上がりも甚《はなは》だしいわ。彼が、あなたを本気で相手にするとでも？」

――思い上がり。

それは私が、一番触れられたくなかったところ。

ぐらりと上半身が揺れたような感覚があった。

『オレほかに彼女いるし』『あいつって勘違い女だよな』――思い出の中の男の子たちが急に目の前でしゃべりだす。

胸が苦しくて息が止まりそうな感覚に陥《おちい》りそうになった時、ふいに風が吹いた。

私の頬《ほお》を撫《な》でた風は、髪を巻き上げる。

――愛してるよ――

隼さんの声が聞こえた気がした。

顔を上げると、自分の勝利を確信しているかのような彼女が腕を組んで私を見ていた。

――でも、負けない。

「思い上がりじゃない。私は、彼を信じているだけです」

端《はた》から見れば、私は情けないほど体中に力を入れて、脚を震《ふる》わせながら立っていて滑稽《こっけい》だったかもしれない。

そんな状態で、私は彼女に対峙《たいじ》した。

こんなことで諦《あきら》められるほど彼への想いは軽くない。

「なんて話の通じない人なの！」

原永さんが叫んで、グイッと私に近づいてきた。

「あなたもここで彼の帰りを待つ気なの？　――ふん、レンタル店にお勤めの方はお時間があるんでしょうね」

レンタル店？　私の勤め先を勘違いしているような気がしたけれど、わざわざ訂正しなければいけないことでもない。

「別にこんなところで待ちません」

隼さんは忙しくて、さすがに二日連続ではうちに来れないんじゃないかなと思う。

私は彼女を無視して、アパートへ足を向けた。

「ちょっと！」

彼女に背中を向けた途端、肩を掴《つか》まれて、うしろへ引き倒された。

私はそのまま、ずさっと地面に倒れ込んでしまう。

お尻をしたたかに打ちつける。しかも咄嗟《とっさ》についた手は砂まみれで、うっすらと血がにじんでいた。

「なにを……」

なにをするのと、抗議しようとしたら、原永さんが私の胸ぐらを掴《つか》んだ。

「なぜ勝手に部屋に行こうとしているの」

眉間《みけん》にしわを寄せ、ギラギラした目で私を睨《にら》みつける。

「なぜって、ここはっ……ぐっ」

襟元《えりもと》を絞《し》められて、続く言葉を紡《つむ》げない。

「まさか、彼を待たず、部屋に勝手に忍び込む気⁉」

忍び込むって……ここは私の家なんですけど。

――そうか、わかった。彼女はここが、隼さんの家だと勘違いしているんだ。

今の様子からして、部屋番号は知らないのだろう。

となると、彼が一人で私の家に来た時に、このアパートに入るのを目撃したに違いない。さしずめ、彼の後をつけてきて、アパートの場所を確認し……って、まるっきりストーカーじゃないか。

得体の知れない恐怖が湧《わ》き上がるけど、それを悟《さと》られたら終わりな気がする。なんとか撃退して、これ以上隼さんが困ることのないようにしたい。

私は気持ちを落ち着かせて、彼女がいつ隼さんを尾行《びこう》してきたのかを想像する。

――彼が一人で私の家に来たのは、数えるほど。

……いつなのか……きっと昨日だ。

彼が今、手がけているプロジェクトが始まってからは忙しくて、まったくうちに来ていなかった。

「なんであんたが隼の部屋を知ってるのよ!?」

反論しようと口を開きかけると、原永さんは手に力を込めてくる。グイグイと首を押さえられて、苦しい。

「人の彼氏を誘惑するなんて、なんて最低な女なの、おとなしそうな外見をして!」

話しているうちに、どんどん怒りが湧《わ》いてくるのだろう。

原永さんは、目が血走り大きく口で息をして、真っ赤になっていった。

それに比例して、彼女の力はどんどん強まって、首を絞《し》め上げてくる。

――苦しい……

遠のいていく意識の中で、ふと過去の光景が蘇《よみがえ》る。

それは中学の時、柔道場で見た光景。先輩が絞《し》め技を外《はず》す時にしていた動き――

毎日毎日、先輩を見つめていたのが、こんな場所で活かされるなんて思ってもみなかった。

自分自身が柔道をしていたわけじゃないから、きちんとした形じゃないだろうけど、この際どうでもいい。

彼女の腕を肘《ひじ》で持ち上げ、くるりと回すような動きをした。

すると、彼女は痛みから手を放さざるを得なくなるのだ。

「あっ……や、いたぁい!　なにするの、このっ……!」

外れた手を手刀《しゅとう》で振り払って、彼女から離れた場所で立ち上がる。

一気に息を吸いすぎたせいで、喉《のど》がからからになって空咳《からぜき》が数回出た。

首の周りがひりひりする。きっと、服でこすれて赤くなっているだろう。

だけど、それだけで済んでよかった。

人の首を力任せに絞《し》めるなんて、なんてことをするんだろう。

「なんてひどいことをするの!?」

私にひねられた腕を押さえながら涙目になる彼女。自分のことは棚《たな》に上げてよく言う。

「ここは私の家です」

掠《かす》れた声で、端的《たんてき》に伝えた。

そっちこそなんてことをするんだとか、死ぬところだったとか、言いたいことはいっぱいあるけれど、なにを言っても通じない気がする。

――今まで苦手としてきた誰とも違う。

この人は、怖い。

「一緒に住んでるって言いたいの？　あはっ、そんなわけないでしょ。彼は私と結婚するのよ！」

おかしくてたまらないという風に彼女は笑う。

私は、そっとアパートのほうへ近づいて、彼女からどうにか逃げられないか考えた。

せめて、管理人さんのいる玄関まで行けたら。

だけど、私がアパートに近づこうとしているのに気づかれてしまった。

「お前は、まだ諦《あきら》めてないのっ……!?」

私に怒鳴《どな》って、彼女はまた手を伸ばしてくる。

――逃げなきゃ。家に帰ることは諦《あきら》めて、彼女がいなくなるまで別の場所にいればいい。

だけど、足は恐怖に固まって動いてくれない。

――私は覚悟を決めて、大きく息を吸い込んだ。

逃げられないなら、戦うしかない。伝わるか……は、わからないけど、私だって引くわけにはいかない。

「私は絶対、隼さんのことを諦《あきら》めません！　諦《あきら》められるわけがない！　隼さんは、私のものです！　誰にも渡さない!!」

ゼイゼイと肩で息をしながら彼女を睨《にら》みつける。彼女も、鬼のような形相《ぎょうそう》で私を見ていた。

そして、しばらくの間、睨《にら》み合いを続けていたところ――

「なにをしているっ……?」

そんな声と一緒に、私の視界は白一色になる。

「原永さん、なぜここに居るんです？」

隼さんは私の前に立ち、荒い息をしていた。

隼さんこそ、なぜここにいるのかわからないけれど、私を見つけてどこからか走ってきてくれたようだ。

隼さんの白いYシャツの裾《すそ》を握《にぎ》って、私は叫ぶ。

「隼さんっ……！」

「隼！」

私と原永さんの声が重なった。

隼さんは、原永さんに向けて、眉間《みけん》にしわを寄せて言う。

「俺の名前を、気安く呼ばないでもらえますか」

その声に、原永さんは目を丸くして、叫んだ。

「私に言うの？　どうして！　私たち、昨日まであんなに上手くいってたのに！」

隼さんの冷たい視線に、彼女は信じられないと言う。

「上手くいっていたことなんてありません。――これ以上なにかを言うようであれば、警察を呼ぶしかありません」

彼女が激昂《げきこう》すればするほど、隼さんは冷たく冴《さ》えていくような気がする。

隼さんは原永さんに向けて冷たく言い放ちながら、震《ふる》える私の肩を抱き寄せた。

「ごめん、騒がしいなと思って外を見て、やっと気がついたんだ」

タイミングよく現れて助けてくれた隼さんを呆然《ぼうぜん》と見上げていた。

「なんで……」

他にも伝えたいことはたくさんあったけれど、それ以上に言葉を出せなかった。

「驚かせようと思って、部屋で待ってたんだ」

——後から聞いた話だが、昨夜、隼さんは私の体調を気遣えずに無理をさせたと気にしていたらしい。外回りを早々に終わらせて、そのまま私の部屋に来ていたと言っていた。

「その女、ここが自分の家だと言うのよ！　やっぱり隼の家じゃない！　ストーカーだわ」

責める糸口が見つかったとばかりに原永さんは言う。

そして、淫乱《いんらん》だの悪女だの、次々に私に対する罵詈雑言《ばりぞうごん》が飛び出してくる。

叫ぶ原永さんを一旦無視して、隼さんは私を覗《のぞ》き込んだ。

「……これ、なに」

私の首にある傷を見つけたのだろう。

隼さんは、私のすり傷だらけの手や、ほこりまみれの服を見てすっと無表情になった。

「……原永さん、どういうことです？」

「その女が、私の手をひねり上げたから揉《も》み合いになったの。私、痛くて！」

原永さんは、どうしてこの冷たい空気の隼さんに大声を出せるのだろう。彼の怒りは私に向いていないはずなのに、妙に緊張して背筋を伸ばして固まっていた。

隼さんは、真っ直ぐに原永さんへ顔を向けてはっきりと言った。

「傷害罪で訴えます。夕夏、病院に行って診断書もらってくるよ」

「どうして⁉　どうせ、その女は隼の財産目当てよ！　自立もしないで男に寄生する女だわ！　そんな誰とでも寝るような女より、しっかりと仕事を持って暮らしてる私のほうが絶対いいのに！」

――私は、彼女にどこでそんな風に思われたのだろう。

隼さんも同じように感じたようで、呆《あき》れた声で言った。

「寄生？　誰とでも寝る？　夕夏にはまったく当てはまらない言葉ですね」

原永さんは腕を組んで、ふんっと私を見下す。

「DVDレンタル店のバイトでしょう？　寄生できる男を探してるフリーターだわ」

私が勤めてるのは、レンタル会社だけどフリーターじゃない……。そういえば、彼女に仕事を聞かれた時、「レンタル会社」だと答えた。

たったそれだけで、ここまで妄想《もうそう》を広げてしまうのか。

「……彼女は、建築機械などを扱う大手レンタル会社の正社員です。うちは直接取引することはありませんが、原永さんのところは、お世話になっているのでは？」

建築関係の仕事をされている人たちからの依頼は多い。

原永さんの会社がどこかは知らないのだが、付き合いのあるところかもしれない。

それを聞いて、原永さんはまた怒りの形相《ぎょうそう》に変わる。

「嘘ついたの……⁉」

――嘘はついていない。詳しくは言っていなかったけど。

「私を勝手に見下していたのは、そちらです」

だけど、そんなことで私が悪かったとはまったく思えない。

隼さんもまったく表情を崩さずに彼女に言い放つ。

「くだらない。勝手に仕事に優劣《ゆうれつ》をつけて、自分が勝っていると笑っていたんですか？」

隼さんは、ズボンのポケットからスマホを取り出した。

「今、警察を呼べば、傷害罪の完成です。それともあなたの上司に報告しましょうか？」

スマホを操作しながら淡々と話す隼さんは、今にも通話ボタンを押しそうだ。

それは、原永さんも感じたらしい。

驚いた顔をした後、目に涙をためた。

「ひどい！　私だって、腕をひねられたのよ。その暴力女に！」

「なるほど。警察に真相究明してほしいと」

すぐさま返される言葉に、原永さんは首を横に振って慌てる。

「そ、そこまでしてほしいわけじゃないの。私も悪いところはあったし」

「夕夏にも悪いところがあったと？」

大きくジェスチャーをして、声を荒らげる原永さんと対照的に、隼さんは淡々と相手を追い詰めていく。

「――なによ！　どうしてその女の味方をするのよ！」

駄々《だだ》っ子のように足踏みをする彼女に、今頃その話かと、もう呆《あき》れるしかない。

「逆に、どうしてあなたの味方をすると思っているのか不思議ですね。私は、原永さんとは仕事以外でまったく関係がないでしょう？」

「新居の話だってしたのに！」

「いつですか？　まったく覚えていませんが」

彼の顔を見て、本当に覚えていないのかどうかは判別できなかった。さっきから、眉毛一つ動かさない。なにかを考えるそぶりも見せずにしゃべり続ける。

原永さんは、両手で顔を覆《おお》った。

「私、弄《もてあそ》ばれたんだわ！　ひどぉいい！」

そう言いながら、くるっと体をひるがえす。

「次にここに来たら、訴えます」

隼さんはそんな原永さんに、最後の言葉をかけていた。

彼女の走り去る背中を見た瞬間、ほっとしすぎて私は座り込みそうだった。

それに気がついてか、隼さんが私を抱き寄せてささやく。

「よく頑張ったね。――すごく、嬉しいよ」

見上げた隼さんの顔は、もう無表情ではなく、甘く蕩《とろ》けていた。

私が原永さんと対峙《たいじ》している時に叫んだのを見られていたのだろう。

少し恥《は》ずかしかったけど、私はほっとして、体のこわばりが解けていった。そしてアパートの前だというのに、彼にしがみついて泣いてしまったのだった。


「夕夏、荷造りしようか」

部屋に戻っても、まだなんとなく隼さんにしがみついていた私は、なにも考えずに頷《うなず》いて……はてなマークを頭に浮かべる。

「なんで？」

鼻をすすりながら私が聞くと、隼さんは眉間《みけん》にしわを寄せる。

「ここにこのままいる気なの？」

信じられないというように言われて、考えるけれど――当たり前だ。

頷《うなず》くと、隼さんは目を眇《すが》めて私を見た。

「夕夏、さすがに怒るよ」

埃《ほこり》だらけだった服も着替えて、リビングに戻ると、隼さんがソファで手招きをしていた。

私が落ち着くまで待ってくれていたのかと、今さら気がついた。

洗面所に連れて行かれて、手と顔を洗うと、着替えを持ってきてくれる。

私が首を傾《かし》げると、困った顔をして隼さんが私を抱え上げる。


救急箱を持った隼さんの前に座ると、しかめっ面《つら》のまま、手当てが始まる。

「この家に、原永さんがまた来たらどうするの」

体がびくんと震《ふる》えた。

さっきの隼さんの言葉で、もう来ないのだと思い込んでいた。

「あの調子で、またなにかしてきたらと考えると……」

隼さんの言葉が途切れた。

そして、救急箱を横に避けて、私を膝《ひざ》に抱え上げた。

「俺のせいで、ごめん……。これからは絶対守る。夕夏、俺の家においで？」

――私は、どんな表情をしていたのだろう。隼さんは背中からぎゅっと抱きしめてきて、私の手を握《にぎ》る。

隼さんに握《にぎ》られて、自分の手がどんなに冷たいのかに気づいた。

「でも……」

隼さんを見上げると、優しいキスが落ちてくる。

彼の唇はそのまま頬《ほお》をたどって、私の目尻で涙を吸い取った。

隼さんがそんなに心配するほどならば、やっぱり警察にお願いして、ここら辺をパトロール強化してもらうなどしてもらったほうがいいのではないだろうか。

……一緒に暮らすというのは嬉しいけれど、これがきっかけで隼さんに負担をかけるのはためらってしまう。

私の表情を読み取ったのか、隼さんは眉尻を下げる。

「……違う。夕夏が気にすることじゃないんだ。夕夏のためみたいな、ズルい言い方した」

大きく息を吐きながら、隼さんは私をさらに引き寄せて抱きしめる。

「夕夏、本当は原永さんのせいだけじゃなくて、少し前から考えていたんだ」

隼さんが内緒話でもするかのように、私の耳の傍で話す。

それがくすぐったくて、私はくすくす笑った。

「俺の仕事、時期によってはかなり忙しくてさ、今回みたいに会えない時期が続くこともあるかもしれない。その時に、夕夏が家にいてくれたら、滅茶苦茶《めちゃくちゃ》いいなと思った」

隼さんが忙しい時……

たとえ少ししか会えなくても、彼が同じ家に帰ってきてくれるというのは、すごく嬉しいだろうなと思う。

「帰ったら夕夏がいるなんて、すごく嬉しいと思う」

私が考えたことと同じことを隼さんが言うから、私はふふっと笑い声を上げる。

「言おうと思いながら、こんなタイミングになっちゃったけど。もっとロマンチックに言いたかったのに」

笑う私の頬《ほお》を軽くつまんで隼さんは拗《す》ねたような表情を見せる。

その顔にも笑いが込み上げてきて、どうしようもない。

私の笑いが収まらないことを悟《さと》って、隼さんは仕方がないとため息を吐く。

「夕夏、一緒に暮らそう？」

私は満面の笑みで返事をした。

エピローグ

二か月後の、天気のいい日曜日。

仕事の忙しさも落ち着いて、隼さんの休日出勤は最近はない。

「これがいいかな」

隼さんが大きなソファの前に立ち止まって顎《あご》に手を当てて考え込んでいる。

今日は、家具を新調するために、家具屋さんに来ている。

隼さんの家には、すでに立派な家具があるのだけど、同棲を始めるにあたり、せっかくなら買い換えようということになった。

「大きすぎない？」

私はソファを前に頷《うなず》く隼さんに答えながら、別の小さなソファを指さす。

「これくらいで充分じゃない？」

二人だけで使うのだ。大きすぎるのは贅沢《ぜいたく》だし、掃除が大変だ。

それを見た彼は、とんでもないと言うように首を大きく首に振る。

「そんなんじゃ、リビングでその気になった時やりにく……」

「なに言ってんの!?」

隼さんの口を慌てて押さえて、言葉を遮《さえぎ》った。

昼間っからなにを叫んでいるのだ、この人は。

一気に顔が熱くなって周りを窺《うかが》う私を放って、彼はさらにぶつぶつつぶやく。

「リビングに置く、大きな姿見もいるな。夕夏の全身がくまなく映るような」

「いらないよ!?　玄関に鏡あるよ！」

さらっとソファの品番をメモって、隼さんは先に行く。

もうソファはこの大きなもので決まってしまったらしい。

次々に決定していってしまう家具は、なかなかいい値段がする。

「隼さん、どれくらい買うの？　私、懐《ふところ》が厳しいよ……」

情けないことを言う私に、隼さんはあっさりと頷《うなず》く。

「俺、高給取りだから」

堂々とそう言って、鼻歌でも歌いそうなほど上機嫌で彼は家具を選んでいく。

「ダイニングテーブルは夕夏の腰くらいの高さがいいかな……夕夏、ちょっとこのテーブルに上半身だけ乗せてみて」

「なんで？」

「この体勢でこうして……」

隼さんのダイニングテーブルに触れる手つきが妖しい。私はその手をぱしんと払って叫ぶ。

「ばかぁ！」

——そのあられもない体勢をさせてなにをするつもりだ！

顔の熱さが引かないままに、私がぶんぶんと音が出そうなくらい首を振っていると、隼さんは諦《あきら》めて他の物を見に動いた。

「やっぱりベッドはいるよな」

私はため息を吐きながら言う。

「無理だよ。そんな大きいの、部屋に入らないでしょ」

さすがにないだろうと思っていたら――

「それじゃ、やっぱり引っ越そう」

とまで言い出した。

「ベッドのために!?」

私が声を上げると、彼は不満げに叫ぶ。

「ベッドは大切だぞ。俺たちの赤ちゃんがあの場所で……!」

「黙って！　ばかぁ！」

あまりの恥《は》ずかしさに泣き声が出てしまった。

彼は首を傾《かし》げて私を眺《なが》める。

「俺たちの赤ちゃん、嫌？」

「赤ちゃんが嫌なんじゃなくてね……」

……赤ちゃん？

私が気づいたのがわかったようで、隼さんはにっこりと笑う。

私の左手の薬指の根元にキスをする。

「正式には、また今度、格好つけてプロポーズするから」

そう言って、どこか照れ臭そうに笑う。

私は声を出すことすらできずに、小さく頷《うなず》いたのだった。

◇◆◇

一週間後の平日、注文していた家具たちが隼さんのマンションに続々と届いた。

隼さんは仕事がまだ片づかなかったので、私が一人で夕方受け取って、全部届いたよと彼にメールをした。

特大ベッドを寝室に入れるためだけの引っ越しは、なんとか免《まぬが》れた。私がアパートを引き払ってこちらに来ただけだ。

そもそも隼さんのマンションは広く、私にも一部屋もらえそうな勢いだったが、『夕夏の居場所は俺の腕の中だから、私室を作ってもいいけどベッド置いたりするのはダメ』と、腕を組んで偉そうに家主に反対された。

そのやり取りを思い出して、一人顔を熱くしながら夕飯を作っていると──

「ただいまー」

と、普段よりも早く隼さんが帰ってきた。

リビングに入ってきた隼さんを対面キッチンから顔を出して迎える。すると隼さんが驚いたように私を凝視《ぎょうし》する。

「なんてことだ！　俺は今まで仕事のせいで夕夏のエプロン姿を見逃していたのか！」

「…………。無視してもいいと判断して、なにも答えずに調理を再開した。

「ああ、可愛い。エプロン萌《も》えってこういうことなのか」

そんなジャンルがあるなんて初耳だ。

ずっと無視をしていると、隼さんがキッチンに入ってきて私をうしろから抱きしめる。

「ちょっと、危ないよ！」

包丁は持っていないけど、熱い鍋が目の前にある。これが落ちてきたら大やけどだ。

隼さんもそれは感じたのか、「キスだけ」と言いながら、ただいまのキスをして、着替えをしに寝室へ行った。

本当に、あの人の甘い言葉の羅列《られつ》にはいつになっても慣れる気がしない。

隼さんが着替えている間に私はテーブルセッティングをして、煮込みが終わったらすぐに食べられるようにしようと、今日届いたばかりのダイニングテーブルを拭《ふ》いていた。

「ひ……やっ⁉」

スカートの下に手が伸びてきて、するりとショーツを脱がされる。慌てて振り返ろうとすると、片手で背中を押さえられてダイニングテーブルに突《つ》っ伏《ぷ》す格好になってしまう。

この体勢は、まさか……⁉

「やっぱり、ちょうどいい高さだった……」

うっとりとつぶやく隼さんの声が聞こえる。

「隼さん!? 今、料理中だから！」

「うん。でも、もう少し」

熱に浮かされたような声を聞いて、これはダメだと思った。完全にそっちのスイッチが入っている。

「んっ……ちょ、もう、鍋の火、せめて止めてきてぇ」

早々に秘所に手を伸ばしてくる隼さんに、キッチンのほうを指さす。

このままじゃ、今日の夕飯が台無しだ。

「……うん。そうか。じゃあ、このまま待っててね」

わざとぺろんとスカートをまくっていくのが意地悪だ。

お尻丸出しのままダイニングテーブルに突《つ》っ伏《ぷ》しているのはさすがに嫌だ。

体勢だけはそのままで、スカートを下げた私に、戻ってきた隼さんはにっこりと笑いかける。

「悪い子だね」

「ちゃんと待ってたのにっ？」

私の反論をまったく聞かずに、隼さんはさっさとスカートを脱がしてしまう。さらに、上に着ていたカットソーとブラも。

残ったのは……

「変態〜〜！」

「裸エプロンは、男のロマンだ」

カットソーを脱ぐ時に一度外れてしまった肩紐《ひも》をもう一度かけ直された。

背中に覆《おお》いかぶさってきた隼さんが、両手を胸元に入れてくる。そして胸を形が変わるほど、ぐにぐにと揉《も》む。

隼さんの荒い息が耳にかかって、背筋がぞわぞわする。

「ふっ……ん、あぁ、あっ」

腰にあたる彼自身が硬くなって、私を刺激する。

「可愛い」

そう言って、腰をぐいと押しつけられて、私は背を反《そ》らせる。

すると、胸の先端をつままれてテーブルへと引き戻されてしまう。

「はっ……ぁん、んんぅ」

直接彼を感じたくて、体が揺れる。

「腰が揺れてる。気持ちいい？」

わかっているくせに、意地悪なことを言う隼さんを睨《にら》んで顔を逸《そ》らした。

そうして彼自身に、手を伸ばしてみる。

「――へ、ちょ、夕夏!?」

少し慌てたような声が聞けて、悔《くや》しさが薄れる。

私は今まで、積極的に彼に触れたりしたことはなかった。

でも今は、隼さんなら大丈夫だと思える。

隼さんは私が傷つくようなことを絶対に言わないし、私から触れることを、きっと喜んでくれる。

私はうしろ手に彼を握《にぎ》って、もう片方の手でズボンを下にずらした。

手の中の屹立《きつりつ》が、どんどん大きくなって、びくびくと震《ふる》えている。

私がぎゅっと握《にぎ》りしめて振り返ると、途方《とほう》に暮れたような顔をした隼さんがいた。

気持ちよさそうな顔をしていると思ったのに、ちょっと違った。

「触ったらだめだった?」

首を傾《かし》げると、きゅっと眉根を寄せた隼さんが急に強く私を抱きしめる。

「ごめん、もう無理」

「え? ――あ、うそ、もう!?」

屹立《きつりつ》を握《にぎ》っていた私の手ごと膣にあてがわれて、めりめりと押し入ってきた。

「もう……とか言われたら、傷つくだろ……。我慢できないんだ」

「ふあああぁぁっ」

まだあまり濡《ぬ》れていなかったけど、一度受け入れてしまえば、待ち望んだ刺激だというように彼を受け入れてうごめき始める。

「いきなり夕夏が大胆《だいたん》なことするから、入れる前にイキそうだった」

私が苦しそうにしているのもあってか、彼はゆるく動きながら言う。

「夕夏の手、すごく気持ちよかった。今度は心の準備しておくから、またしてね」

心の準備をしていないと、すぐにでも達してしまいそうだと言う。そんなことを、私の頬《ほお》にキスをしながら言うから、くすくす笑った。

そして小刻みに揺れて振動を与えてくる彼に、どんどん高みに上《のぼ》らされそうになって——ふと、気がついてしまった。

「……隼さん？」

「うん？　そろそろ動いていい？」

「——待って、今ゴムしてないっ……！」

さっき、私が握《にぎ》っていたのは、なにもまとっていない彼だった。そのまま入れたってことは、そういうことで。

「夕夏、結婚しよう」

「——っ！　それ、今言う⁉　もう、ばかぁ！」

真面目な声で格好つけて言われても、状況が状況だ。おかしいでしょ！

怒鳴《どな》ろうとしたのに、腰をぐっと押しつけられたと思ったら次の瞬間にはグイッと抜かれて、またずしゅっと入り込んでくる。

「はっ、あっ、あっ……！　ああっ」

なにか言わなきゃいけないことがあったのに、突かれるたびに思考が白く飛んでいく。

「夕夏、愛してるよ」

その言葉と一緒に、大きく中でぐるりとかき回されて、私の体が跳ねる。

「ひあっ……あああああぁっ」

びくんびくんと痙攣《けいれん》を起こして、それから弛緩《しかん》する。

隼さんも小さく声を漏らして、私を抱きしめ精を放った――


「隼さん、今日は思ったより早く帰ってこれたんだね」

夕飯そっちのけで乱れに乱れてしまったけど、気を取り直して食事の支度《したく》をした。二人でテーブルについて食事をしながら、今日あったことを話す。

今日の隼さんは帰りが遅くなるかもと聞いていたのに、予想していたよりずいぶん早かった。聞けば、最低限の仕事を片づけ、あとのことは康司さんに任せて早めに切り上げてきたらしい。

家具が届く日だったから、頑張ってくれたのかもしれなくて申し訳ない。

「家具は配置も全部業者さんがしてくれたから、私一人でも大丈夫だったよ?」

「うん。でも家具の使い心地を早く試したかったから」

――使い心地?

そんなに家具が来るのが楽しみだったんだなあと思う。

「あとは、ソファと姿見も試さないとな」

……試すって、なにを?

………嫌な予感。

「康司さんになんて言って帰ってきたの?」

自分の目が段々と目がつり上がっていくのを感じた。

隼さんは、そんな私を気にもせず、にこにこと答えた。

「夕夏と二人で新品家具でのやり心地を確認しないといけないって……」

――やり心地ってなんだ!

あまりのことに、手がプルプルと震《ふる》えた。

隼さんは、私をちらっと見て、にっこり笑う。私はもう止まらなくて、絶叫した。

「ばかあ!」

――さて、その後、私たちに家族が増えたのかどうかは、神のみぞ知る、である。

書き下ろし番外編

愛され上手になりたい

私は、悩んでいた。

隼さんのマンションに引っ越してから、通勤に使う駅も路線も時間帯も変わった。

今まで住んでいたアパートよりも便利な立地になった。会社からは距離は離れてしまったけれど、いくつもの路線が入ってきている駅が近くにあって、乗り換えがなくなった分、通勤時間は短縮された。駅は近くなったし、マンションで階段は使わないし……

つまり、歩かなくなったのだ。

しかも、週一で来ていたメンテナンスの中原さんが、二日と空けずに事務所へ顔を出すようになった。

彼は、いつも手土産《てみやげ》を持参してくる。

「こんにちは。今日は、そこで焼き芋と遭遇しちゃったんですよ～」

しかも、毎回、なかなか魅力的なチョイスなのだ。

お洒落《しゃれ》なお菓子だったら、『あとでいただきますね～』と言って持って帰ることもできる。持って帰れば、よく食べる隼さんがあっという間に平らげてくれることだろう。

だけど、程よく遠慮がいらないようなコンビニスイーツの新作だったり、たい焼きや、今回のように焼き芋だったり、すぐに手をつけたくなるようなものなのだ。

「あらぁ。いつもありがとう」

三木さんが嬉しそうに受け取って、三人分のお茶の準備を始める。

これが定例化してしまっている。

運動しなくなって、おやつが増えたら必然的に、太る。——そう、太ったのだ。

隼さんは営業らしく長い時間を歩き回るせいで、程よく筋肉がついて引き締まった体をしている。なのに、私はぽこっとお腹が出てきてしまっているのだ……！

どうにかしなきゃいけないと思う。

中原さんは、にこにこ笑いながら、十分ほどおしゃべりをして帰っていく。

わざわざ、お菓子を届けに来ているようにも感じられるが、それは考えすぎというものだろう。

いつも、たまたま、おいしそうなものを見つけて、休憩がてら寄ってくれている。

「田中さん、どうぞ！」

「いただきます。焼き芋って久しぶりで、とても嬉しいです」

中原さんの満面の笑みに負けて、今日も差し入れをいただくことになる。

今日もまた、食べてしまった。

お風呂で鏡に映る自分の姿は、お腹に肉がついていて、軽くヤバい。ここに越してきてから、三キロは増えている。

「夕夏？」

じっくりと体をチェックしていたら、思ったより時間が経っていたのだろう。寝室で待っているはずの隼さんが声をかけてきた。

「あ、ごめん。今……」

行きます。と言いそうになって、なんだか恥《は》ずかしくて言葉を途切れさせた。

今からすることは、もうわかっているし、何度もしたことだけれど、そこにたどり着くことへの積極的な言葉は、やっぱり恥《は》ずかしい。

「大丈夫ならいい。……だけど、あまり待たせると、お風呂で襲うよ？」

くすくす笑うような声で言って、隼さんの足音が遠ざかる。

「はい」

聞こえたかわからないくらいの声で返事をして、お揃《そろ》いのパジャマを身につけた。

本当はバスタオル一枚でおいでと言われているけれど、それも恥《は》ずかしいので、すぐに脱がされるとわかっていてもつい着てしまった。そしてゆっくりと脱衣所から出る。

寝室のドアを開けると、すでに間接照明以外の明かりを消されて薄暗くなっていた。

「また恥《は》ずかしがってる」

すぐに隼さんに抱きしめられて、からかうように耳に息を吹きかけられる。

「ひゃっ……！　あ、当たり前……ふゃんっ」

あっという間に着たばかりのパジャマは床に放り投げられ、私はベッドへ沈められる。

そして、始まりの合図のように、唇に優しいキスをもらう。

「夕夏、可愛い。……柔らかい」

柔らかい…………!?

思わず口をついて出たような彼の言葉が、脳内を駆《か》け巡る。

『可愛い』とは、よく言われる言葉だ。だけど、『柔らかい』とは、言われたことがあったっけ？

やっぱり、全体的に太ってしまったのだ。

その後は、彼の指や舌に翻弄《ほんろう》されて、体形を気にするどころではなくなってしまった。

けれど、今後、明るい場所で体を見られたり、触られた時に「あれ？」なんて思われたら……。隼さんに太ったと気づかれるのは嫌だ。

私は、ダイエットを決意した。

朝は普通に食べてもいい。昼も、お弁当を作ると言うと、隼さんは小躍《こおど》りするほど喜んでくれたから、隼さんのを作るついでに、自分の小さなお弁当を作ればいい。夜は、隼さんより少し早めに済ませる。彼が帰ってきてから、隼さんの夕飯の準備だけすればいい。隼さんは仕事で遅くなるから、それでいいと前から言ってくれていたし。

三食は、これでいい。

問題は、おやつだ。

「こんにちは」

今日も、にこにこと笑いながら中原さんが手土産《てみやげ》片手にやってきた。

「今日は、クリーム大福です」

嬉しそうに差し出してくれるけれど、今日こそは断らなければ。

お茶の準備だけして、私は申し訳ないと思いつつ、いただいた大福を脇に避ける。

「今日は、私は遠慮します」

「えっ？　お嫌いでしたか？」

中原さんの驚いた顔に良心が痛む。

「いえ、あの……本格的に太ってしまって、戻るまで、その……ダイエットを」

いろいろな理由を考えてみたけれど、これから毎回食べない日が続くのだ。これも嫌いあれも嫌い、今日はそういう気分じゃないなどと、毎回断れるわけがない。

やはり、正直に言うのがいいだろう。そうしたら、三木さんと自分の分しか準備せずに来てくれるかもしれないし。

中原さんは、もう一度驚いた顔をして、また私の体を眺《なが》める。

視線を感じて、いたたまれない。

中原さんの視線が、どこが太ったのかわからないという理由だけで巡っているのではないような気さえする。まだまだ私の自意識過剰は健在だ。

「あ、あの！　僕、ダイエットに付き合いますよ！」

「は？　あの、いえ」

存分に眺《なが》めた後に、中原さんはぐいと近寄ってきて宣言する。

「僕、体鍛《きた》えるのが趣味なんです。いいダイエット法とかお教えできますし！」

確かに、彼は鍛《きた》えられたいい体をしている。

だけど、仕事上の知り合いというだけの人に、プライベートな指導を受けるのは気が引ける。

「そんな、申し訳な……」

「遠慮しないでください！　連絡先、交換しましょう！」

さっと、スマホを取り出すと、すぐに電話帳の画面を表示させている。

「まあ。せっかく、教えてくれるって言うんだもの。いいんじゃない？」

中原さんの様子に、三木さんは隣でくすくす笑っている。

「は……あの、じゃあ、ありがとうございます……」

三木さんにまで言われて、番号を教えるのが嫌だなんて言うのは失礼だろうか。二人から期待を込めた視線を向けられて、断り切れずに、彼の電話番号をメモして、自分の番号を書き出す。

中原さんは、満面の笑みを浮かべて、登録をする。

「やった！」

なぜか、彼のほうがとても喜んでいる。

私は、番号交換したことを、今さら後悔しながら、メモを見つめる。

「今度、僕がよく行くスポーツクラブを紹介しますよ！　一緒に行きませんか？」

「えっ？　あの、一緒に出かけるのは、ちょっと困ります」

慌てて断ると、残念そうな顔をされてしまう。

事務所の外で会うようになるのは、違う。仕事上ではいい人だとは思うが、それ以上に親しくなりたいと思ってはいないのだ。

「そうですか？　あ、でも運動ってコツがいるんで、一緒にしたほうがいいと思うんです」

そんなことになるのは、やっぱり困る。

私が、やっぱり断ろうと顔を上げた途端、中原さんは立ち上がった。

広げていた荷物をあっという間に片付けて、口を挟《はさ》む隙《すき》も見せずに片手を上げて、

「じゃあ、また連絡します！」

と早口で言いながら、事務所を出ていってしまった。

もやもやする気持ちを抱えたまま帰り着いて、食事の支度《したく》を始める。

とても大きな失敗をしてしまったような気がする。

気が重いままぼんやりしていると、玄関ドアの鍵が開く音がした。

「ただいま」

スキップしそうなほど上機嫌な隼さんが、お菓子の箱を持って帰ってきた。

「早かったね」

驚いて、純粋に喜べていないことに気がついた。

そのことに、隼さんはすぐに気がついてしまう。

「夕夏？　なにかあった？」

「あ……」

この、胸の重さが、罪悪感だと気づいてしまった。

友人でもない男性と、連絡先を交換してしまった。

ダイエットのため。押し切られてしまって断れなかったなど、理由はあるけれど、そ

んなの――理由にならない。

私だったら、絶対に嫌だ。隼さんから嫌悪されてしまうかもしれない。

だったら、太ってしまったと自己申告した方がマシだ。

謝りたいと思った瞬間、私のスマホが着信を知らせる。

私のスマホが鳴る時は、ほとんど家族か祐子からだ。それなのに、今画面に表示された名前は、『中原さん』。

隼さんは、スマホの画面をちらりと見て、不思議そうに首を傾《かし》げる。

「誰？」

私が出ることを躊躇《ためら》っているのがわかるのだろう。少し心配そうな顔をしている。

私は唇を噛みしめて、泣きたいような気持ちだった。

浮気じゃない。

だけど、疑われるような行動を取った。それがわかるから、彼に知られる前に、番号の交換をなかったことにしてしまいたかった。

出たくないと思っていると、隼さんが、ひょいとスマホを取り上げて、通話ボタンをタップしてしまう。

私が目を見開いて固まっているうちに、隼さんはあっさりと電話に出てしまった。

「はい、もしもし」

『えっ……？　あ、あの、これ、田中さんの番号じゃ……？』

電話口の向こうで、中原さんが戸惑っている声が聞こえる。

「あ〜？　いや、違いますね。……夕夏ぁ？　また、俺の番号間違って教えた〜？」

左の手のひらを私に向けて、しゃべるなと合図をして、隼さんは遠くに話しかけているような声を上げる。

「ああ。もう、お前なあ！　……間違ったみたいですね。すみません」

最後の謝るところだけ、口をスマホに戻して言う。

わざとらしく大きなため息を吐きながら、申し訳なさそうな声を作っている。

「本当に申し訳ない。お名前を伺ってもいいですか？　用があれば、伝えておきますが」

『な、中原と申します。……あの、田中さん、お近くにいらっしゃらないんですか？』

私は、隼さんの演技にただただ見惚《みと》れて、口をポカンと開けて見ているだけだ。

中原さんの言葉に、少しの不快を示しながら、隼さんが聞く。

「今、食事を作ってくれていますが。お急ぎですか？」

向こう側から、慌てたような『いえ！』と声が聞こえる。

『そ、そういうわけでは……あの、田中さんの、お兄さんですか？』

「ははっ。違いますよ。もうすぐ夫になります」

堂々と言い切られた言葉に、そんな場合ではないのに頬が熱くなる。

隼さんが腕を伸ばしてきて、抱きかかえられるような体勢になる。

「夕夏」

そっと耳元で呼びかけられてびくんと体が反応する。

「中原さんだって。わかる？」

そのまま、耳朶《じだ》にくっつくような場所で話されて、体に痺《しび》れが走る。

「――――っ！」

まだ通話中なのに、変な声が出そうになったではないか。赤くなった顔で見上げると、彼はニヤリと笑って、首を傾《かし》げる。

「えっと、多分、メンテナンスの人……だと思う」

隼さんの無言の圧力から、わざと曖昧な感じで答えた。

「そっか」

正解だったらしい。

頭を撫《な》でられて、耳が解放される。

「会社の方ですね。ご用件は？」

『あ……いえ、急ぐものではないので……』

「明日、職場でもいいでしょうか？　夕夏に――ああ、田中に伝えておきます」

わざわざ私のことを親しげに呼んでから、敢《あ》えて呼び方を変えたのだとわかる。

『はい。あの、夜分遅くに申し訳ありません』

中原さんの声がずいぶん小さくなって、聞き取り辛い。隼さんが私を抱きかかえてなかったら、聞こえなかっただろう。

「いえ。しかし、仕事の話は、できるだけ職場で終わらせてほしいですね。——ええ。では、失礼します」

タップして電話を切ってから、画面を私に向けて、ロックを解除するように視線だけで促《うなが》してくる。

私が慌ててロックを解除すると、

「削除……いや、着信拒否だな。俺の番号だと思ってるんだから、拒否されてても不思議には思わないだろ」

と言いながら隼さんは、長い指を私のスマホに滑らせた。

中原さんの番号を拒否してから、スマホが私の手の中に戻ってくる。

隼さんは何も言わずに、踵《きびす》を返す。

寝室に向かって歩いていく背中に、私は声をかけられなかった。

謝罪も言い訳も、何も口に出せなかった。彼から呆《あき》れられて嫌われるかもしれないという恐怖で、声が出なかったのだ。

何もできずにその場に立ち尽くしていると、驚いたような声がかかる。

顔を上げると、スエットに着替えた隼さんが、慌てた様子で寝室から出てきていた。

「どうした？　なんで泣いてる？　体きついのか？」

「隼さん……」

隼さんが、おろおろと私を心配しながら肩を抱いて、ソファへと誘導してくれる。

一緒に座って、肩を抱かれたままあやすように抱きしめられる。

「さっきの、ダメだったか？　仕事関係でもできるだけ影響出ないようにはしたつもりだけど、最後、イラついたのが出ちゃったからな」

知らない間に流れていた涙を、彼の袖口で拭《ぬぐ》ってくれる。

「ごめんなさい。ちゃんと、断れなくって……」

「うん？　俺がじゃなくて？」

「だって……他の男の人に、番号教えちゃった……」

「ああ！　それはそうだな。でも、断り切れない場面もあるってのはわかってるよ。夕夏がすごく後悔してるのも、見るだけでわかるから、いいよ」

隼さんは、優しく微笑んで、私の目尻にキスをしてくれた。

「まあ……最初は、誰だと思ってムッとしたけど、夕夏の泣きそうな顔見てたら、仕方がないと思えたから」

もう泣かなくていいと、もう一度目尻にキスをくれる。

ホッとして、さらに涙が溢《あふ》れてきてしまって、隼さんにギュッと抱きついた。隼さんも、くすくすと笑いながら抱きしめ返してくれる。

「だけど、どう言われて教えたんだ？」

当然の疑問だ。

私は下から隼さんの顔を覗《のぞ》き込む。

彼は優しく微笑んで、今度は頬にキスをくれる。

「あの……太っちゃって。ダイエットするって言ったら、トレーニングのアドバイスをするって言われたの」

隼さんが本当に怒ってないことがわかって、ホッとする。これ以上嘘を吐きたくない。太ったことを内緒にしていて、こんなふうに伝えることになるとは思わなかった。

隼さんはあっさりと頷《うなず》いた。

「ああ、なるほど。夕夏、ちょっと前から気にしてたもんな」

「――えっ？」

「え？」

私は驚いて隼さんの顔をまじまじと見返す。

「気づいてないと思ってた？　俺が？　夕夏の悩みに？」

そう言いながら、帰った時に持っていたお菓子を私の手の上に載せてくれる。

「多少太ってもいいよ。もともと夕夏、細いんだし。夕夏がおいしそうになにかを食べているのを見られないほうが辛い。……まあ、仕事が遅くて一緒に夕飯食べられない俺が悪いんだけどな」

袋の中には、小さな焼き菓子がたくさん入っていた。

私が好きなものを、わざわざバラで、選んで買ってきてくれたのだ。きっと、少しずつ食べられるように、小さな焼き菓子をたくさん。

「あんまり頑張りすぎるな。体形が変わった程度じゃ俺は夕夏を離さないから」

さっきよりも少しだけ強く抱きしめられて、私は体中の力を抜いた。

「それより、夕夏、ダイエットって運動する気だったのか？」

隼さんが意外そうに聞いてくる。私は、運動するよりも、食事制限をするように見えたらしい。

「あ、うん。早く結果がほしくて。運動不足なのかなとも思ったし」

彼の胸板に顔を埋《うず》めていた私は、隼さんの表情を見落としていた。

それを見ていたら、段々と満面の笑みになっていく彼の表情に、なにか嫌な予感がしただろう。

「それで、なんでもいいから、少しでも運動しようと思って」

この時、隼さんの表情を見ていたら、絶対に『なんでもいい』なんて言わなかった。

「夕夏。運動が足りないと思っていただなんて。――嬉しいよ」

ん？

急に艶《つや》っぽくなった声に、私は顔を上げる。

そこで、初めて気がついた。

「俺も、常々、もっとシタいなと思っていたところだ」

舌なめずりしながら獲物を狙う猛獣が、私を見つめていた。

瞬間、運動にもいろいろな種類があることを理解した。そして、隼さんが積極的に一緒にできるものがあることを。

「夕夏が望むなら、俺はもっと頑張るよ」

「ま……待って。それ、違うような気が……！」

ぽすんと、背中がソファの座面につく。真上には、上機嫌な隼さん。

「夕食がっ……！」

「運動の後にな？」

それ以上言わせないと言うように、隼さんは私の唇をむさぼる。舌を吸い上げ、歯列をなぞり優しく唇を食《は》む。

私が息も絶え絶えになってから唇を解放して、彼は微笑む。

「思い切り、運動しよう。――頑張ろうな？」

私が思ったことは――明日、会社いけるかな……、だった。

人の名前を覚えるのが大の苦手なOLの千尋《ちひろ》。そんな彼女が部署異動させられて、さあ大変！　異動先の同僚たちはみんな、スーツ姿の爽やか系で見分けがつかない…。そんな中、大好物のプリンと一緒に救いの手を差し伸べてくれる男性社員が現れた！　その彼を千尋は『プリンの田中《たなか》さん』と呼び、親睦を深めていった。でもある時、いつもは紳士な彼が豹変して――!?

B6判　定価：本体640円＋税　ISBN 978-4-434-26768-0

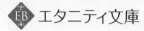

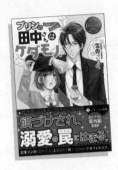

憧れていた上司の牧戸《まきと》に、寿退社すると勘違いされた天音《あまね》。本当の退職理由は違うのに、訂正できないまま最終日を迎えてしまう…。ヤケになった天音は送別会で記憶をなくすまで飲み、翌朝目覚めると、そこはなぜか牧戸の家のベッド!? さらに彼は「俺が守ってやる」と突然、愛の告白をしてきて…!?

B6判 定価：本体640円+税 ISBN 978-4-434-25686-8

EB エタニティ文庫

一夜の夢のはずが……結婚に⁉

ETERNITY Rouge

エタニティ文庫・赤

勘違いからマリアージュ

雪兎《ゆきと》ざっく　　装丁イラスト／三浦ひらく

文庫本／定価：本体640円＋税

憧れていた上司に寿退社すると誤解され、訂正できずに退社日を迎えてしまった天音《あまね》。送別会でヤケ酒を呑み、翌朝目覚めると、なんとそこは彼のベッドの中だった⁉　慌てる天音に、彼は「俺が守ってやる。好きでもない相手と結婚する必要なんかない」と、熱く囁いて——⁉

※エタニティブックスは大人の女性のための恋愛小説レーベルです。ロゴマークの色で性描写の有無を判断することができます（赤・一定以上の性描写あり、ロゼ・性描写あり、白・性描写なし）。

詳しくは公式サイトにてご確認ください。
https://eternity.alphapolis.co.jp

携帯サイトはこちらから！

本書は、2017年6月当社より単行本として刊行されたものに、書き下ろしを加えて文庫化したものです。


この作品に対する皆様のご意見・ご感想をお待ちしております。

おハガキ・お手紙は以下の宛先にお送りください。

【宛先】

〒150-6008 東京都渋谷区恵比寿4-20-3 恵比寿ｶﾞｰﾃﾞﾝﾌﾟﾚｲｽﾀﾜｰ 8F
（株）アルファポリス　書籍感想係

メールフォームでのご意見・ご感想は右のＱＲコードから、
あるいは以下のワードで検索をかけてください。

アルファポリス　書籍の感想　検索

ご感想はこちらから

エタニティ文庫

愛《あい》され上手《じょうず》は程遠《ほどとお》い!?

雪兎《ゆきと》ざっく

2020年10月15日初版発行

文庫編集－熊澤菜々子・塙綾子
発行者－梶本雄介
発行所－株式会社アルファポリス
〒150-6008 東京都渋谷区恵比寿4-20-3 恵比寿ｶﾞｰﾃﾞﾝﾌﾟﾚｲｽﾀﾜｰ8F
TEL 03-6277-1601（営業） 03-6277-1602（編集）
URL https://www.alphapolis.co.jp/
発売元－株式会社星雲社（共同出版社・流通責任出版社）
〒112-0005 東京都文京区水道1-3-30
TEL 03-3868-3275
装丁イラスト－ひむか透留
装丁デザイン－ansyyqdesign
印刷－中央精版印刷株式会社

価格はカバーに表示されてあります。

落丁乱丁の場合はアルファポリスまでご連絡ください。

送料は小社負担でお取り替えします。


ISBN978-4-434-27976-8 C0193